KB154216

전태일열사 탄생 60주년 기념시집

완전에 가까운 결단

마이노리티시선 30

완전에 가까운 결단

엮은이 백무산 조정환 맹문재
펴낸이 장민성 조정환
책임운영 신은주 편집부 오정민 영업부 정연 정성용

펴낸곳 도서출판 갈무리 등록일 1994. 3. 3. 등록번호 제17-0161호
초판인쇄 2009년 3월 13일 초판발행 2009년 3월 30일

주소 서울 마포구 서교동 375-13호 성지빌딩 101호
전화 02-325-1485 팩스 02-325-1407
website http://galmuri.co.kr e-mail galmuri@galmuri.co.kr

ISBN 978-89-6195-011-4 04810 / 978-89-86114-26-3 (세트)

값 7,000원

*이 도서의 국립중앙도서관 출판시도서목록(CIP)은 e-CIP 홈페이지(http://www.nl.go.kr/ecip)에서 이용하실 수 있습니다.(CIP제어번호: CIP2009000694)

전태일열사 탄생 60주년 기념시집

완전에 가까운 결단

갈무리

서문

다시, 우리의 목소리여

실업, 해고, 구조조정, 비정규직, 도산, 폐업, 물가폭등…….
하루도 예외 없이 몰아치는 겨울바람 같은 뉴스들 앞에서 밥의 문제를 떠올린다. 제2의 아이엠에프(IMF)가 닥친 현실이기에 생존 자체를 걱정하지 않을 수 없는 것이다. 경기를 부양한다고 내놓은 정부의 정책들이 뚜렷한 해결책이 안 되기에 더욱 그러하다. 정부는 어려움에 처한 민생들의 삶을 너무 안일하게 진단하고 있는 것이다.

뿐만 아니라 건국60년 기념사업위원회가 제작해 전국 초등학교에서부터 고등학교까지 배포했다는 영상물에서 4·19혁명을 4·19데모라고 깎아내린 데서 볼 수 있듯이 역사를 왜곡시키고 있다. 또한 미국산 쇠고기 수입을 반대하는 촛불집회에 가담한 학생과 시민들을 경찰이 과잉 진압하는 데서 볼 수 있듯이 인권을 유린하고 있었다.

이에 우리는 밥의 문제며 사회 정의를 더 이상 방관할 수 없다고 판단하고 나서기로 했다. 우리의 목소리가 추운 겨울 속의 램프에 불과할지라도 함께하기로 한 것이다. 우리는 그 푯대로 전태일의 정신을 삼았다.

특히 올해는 전태일 동지가 살아 있다면 회갑이 된다. 그는 가난하고 배우지 못했지만 착하고 열심히 일하는 노동자들을 성자와 같이 사랑했다. 그의 정신을 가슴속에 품고 있는 한 우리의 삶과 시는 당당하리라.

다양한 작업장에서 일하고 있는 시인들이 여기에 한마음으로 모였다. 한국 노동시의 목소리를 함께 내준 시인들께 감사드린다.

시집 제목은 전태일 동지가 1970년 8월 9일에 남긴 일기의 한 구절에서 가져왔다.

2008년 12월

엮은이들이 소중한 시를 받아서 씀

돌아보면 문득 그가 있다

—'원초적 혁명시인'을 기다리며

감성을 기록할 수 없는 역사는 얼마만큼 정확한 기록일까? 촛불의 해였다고 할 수 있는 2008년을 돌아보며 드는 생각이다. 2008년은 분명 집단감성이 사회 변화 활력의 중심에 놓였던 해였다. 그 가운데는 10대 여학생들이 있었다. 이런 현상을 두고 많은 논자들은 모바일과 인터넷 세대가 가지는 독특한 문화현상으로 읽고 있다. 그러나 이것은 현상의 현란함에 따른 겉보기 분석일 뿐이다. 수단과 도구가 내용과 질을 크게 바꿀 수 있는 것은 사실이지만, 그 역시 어떤 현상의 원인이기 이전에 다른 원인에 의한 결과물이었음을 이해할 필요가 있다. 소위 감성세대라 불리는 이들은 이들 대로 자기 역사가 있는 것이 아닌가 하는 생각이다. 과거를 돌아보면, 기성세대가 생각할 수 없는 방식으로 낡은 질서에 충격을 주고 그 흐름을 바꾼 사건들이 근래의 일만이 아님을 알 수 있다.

대표적인 사건은 4·19를 들 수 있다. 잘 알려진 대로, 4월 19일 전국적인 반독재 규탄시위로 발전되기 이전에 낡은 질서에 충격을 주면서 거리로 뛰쳐나온 이들은 10대 고등학생들이었다. 2·28 대구 학생의거, 3·15 마산 고등학생 시위가 대학생과 교수, 사회인들에게 크게 자극을 미치면서 사회혁명으로 번진 사건이었다. 3·1 만세운동은 알려진 바와는 달리, 당시 여학교 학생들의 용기 있는 행동들이 사회 지도층과 농민들에게 파급적 영향을 미쳤다는 증언도 있다. 류관순 열사가 고문을 받고 죽은 나이가 16살이었던 것도 우연이 아니라는 것이다. 부마민주항쟁과 광주민주항쟁도 그 직전에 일어난 원풍모방, 동일방직, YH무역 사건 등이 직간접 원인이었는데, 당시 엄혹한 독재 지배의 공포에 질려 있던 얼어붙은 기성 질서에 크게 균열을 가한 이들은 바로 10대에서 20대 초반의 여성 노동자들이었던 것이다.

그러면 1987년 6·10 민주항쟁이 있기 전에는 어떤 전조가 있었는가? 6·10 항쟁에서 감성세대의 역할이 거의 보이지 않는다. 그렇다면 이것은 예외적인 사건인가? 그렇지 않다. 왜냐하면 1980년대에는 시인들이 그 자리에 있었기 때문이다. 그래서 그 시절을 시의 시대라고 하지 않는가! 맥락은 동일하다.

니체는 여성을 "전(前) 단계 서정시인이자, 원초적 서정시인"이라 하였는데, 곧 이들 세대를 두고 한 말이 아닐까? 그래서 이들은 어쩌면 10대 소녀들로서가 아니라 '원초적 서정시인'으로 역사에 참여했던 것은 아닐까? 이것을 바꾸어 말해 시인에게 화살을 돌리면 이렇게 된다. 시인은 시대를 예감하고 발언할 예언자적 지위를 부여받았으나, 시인들이 '사행성 오락'에 빠져 있는 사이에 '원초적 서정시인'들이 붉은 악마의 탈을 쓰고 권력과 기성 질서에 경멸과 조소의 운율과 리듬을 방출하면서, 초경(初經)의 우주적 예감과 생명 소용돌이에 대한 두려움과 격정으로부터 자신을 정화하는 춤과 노래를 들고 시대의 전면에 나선 것이 아닌가? 한 시대가 그 시대의 몸에 맞는 이름과 정신을 부여받지 못하고 어둠과 혼돈에서 헤어나지 못할 때, 감성세대의 실천은 종종 비상구를 여는데 결정적인 역할을 하기도 했던 것이다.

그러면 전태일은 누구인가? 투사인가? 열사인가? 그 어떤 수식도 그를 온전히 표현할 수 없다. 어쩌면 그를 '전(前) 단계 혁명시인'이라고 불러도 좋지 않을까? 온몸으로 시대를 예감하고 몸을 태워 시를 쓴 '원초적 혁명시인'이 아닐까?

그를 아직도 현재형으로 기억해야 하는 이유는, 그가 몸의 시(詩)로 예감한 시대는 아직 끝나지 않았기 때문이다.

전태일 열사 탄생 60주년 기념 시집에 함께해주신 시인들은 모두 삶의 현장에서 온몸으로 살아오신 이 시대 소중한 시인들이다. 이들 시에서 '전(前) 단계' 시대정신의 행간을 발견할 수 있기를 바란다.

백무산 (시인)

차례

동화

논둑에 서서

박운식

비지땀을 흘리며
종일 모를 심었다
온 논배미
파릇파릇 모들이 가득 섰다

이쁘기도 하지
넓은 들 받치고 섰는
푸른 하늘 받치고 섰는
네 모습이 장하기도 하지

해질녘 모를 다 심고
논둑에 서서 바라보는 기쁨이여
내 발목을 자꾸 붙드는
이 논둑에 서서

허리 아픔도

조합빚 걱정도 잊어버려
근심 걱정 모두 버린 채
이 밤을 하얗게
너와 함께 새우고 싶다

이 논 가득 넘쳐나는
벼들의 꿈속에
이 밤을 파묻고 싶다

전군全軍

이상국

쉰은 훨씬 넘어 보이는 한 장수,
청계천 전자상가 신호대기에서 투구를 고쳐 쓰며
100미터 경주 스타트 라인에 선 선수처럼
막 튀어나갈 자세를 하고 있다.
커다란 장갑과 턱 보호대 무르팍 팔꿈치 보호 장구와
번들거리는 갑옷으로 전신을 무장하고
오토바이 위에서 적진을 응시하는
저 늠름한 장수,
앉은키의 배는 더 쌓아올린 짐짝 아래
긴장한 두 개의 휠과 백미러와 좌우 깜박이
녹슨 받침대 속도계 클랙슨 들끓는 개소린 등
전군을 거느리고
연방 불굴의 후까시를 넣는다.
으르렁거리는 폭발음에
서울이 몸을 떤다.

그 예쁜 여자

—비정규직 여성 노동자에게 바치는 시

이소리

처음엔
늦가을 낙엽 툭둑투둑 지는 거리를
어깨 추욱 늘어뜨린 채 눈물바람으로 걸어가는 그 예쁜 여자가
사랑하는 남자에게서 채인 여자인 줄 알았다
다음엔
초겨울 함박눈 소복소복 쌓이는 산사에 앉아
무릎 사이 얼굴 파묻고 어깨 들썩이는 그 예쁜 여자가
공장이나 집에서 쫓겨난 여자인 줄 알았다
그 다음엔
봄 노을 지는 바닷가 갯벌에 퍼질러 앉아
스러지는 노을 바라보며 꺼이꺼이 울고 있는 그 예쁜 여자가
철탑에 오른 딸내미를 기다리다 실성한 여자인 줄 알았다
그로부터 십 년이 지난 뒤
불혹의 나이를 지날 때까지만 해도 그렇게 알았다
지천명의 나이를 코앞에 두고서야
그 예쁜 여자들이 왜 그리 서럽게 우는지 알았다

진드기처럼 달라붙는 세금과 카드빚 때문이었다
몸부림치면 칠수록 자꾸만 빚더미 속으로 빠져드는
언제 잘릴지 모르는 잔인한 세상살이
비정규직이라는 네 글자 때문이었다

잊고 산 시간들이 많다

홍일선

한 송이
꽃 피어나는 시간
가만히 들어가 보면
불모의 땅 찾아가는
아픈 씨앗들 발걸음 있다

한 송이
꽃 태어난 자리
말없이 바라보고 있는 사람들 틈에
나도 끼어 있었다
너무 아파 그 꽃의 이름
쉽게 부를 수 없었던
먼 먼 시간 너머
외로움 많이 타는
스물한 살 청년이
한 몸 불태워 어두운 세상
우등불이 되어주었던 날

그때 그의 나이가 정녕 스물세 살이었느냐고
아내가 조용히 물어왔지만
대답해주지 못했다

근로기준법을 쉽게 설명해줄
대학생 친구 한 명 갖는 게 소원이라던
한 청년 노동자가 서 있을 것만 같아
가만히 뒤돌아보니
잊고 산 시간들이 너무 많다
한 송이 거룩한 꽃
태어나던 그곳에서
우리 너무 멀리 떨어져 있다

수경이 비명碑銘을 쓰다가

배창환

팔공산 수태골에 울면서 세운 너의 비,
복장이 시커먼 자들이 떼 몰려 가 함마로 마구 깨뜨려 놓더니
마침내는 그마저 가져가 흔적이 없어진 지 수 년,
어둠별 뜨기 시작한, 가야산이 멀리 보이는 마을 우리 집
비료는커녕 거름 한 줌 안 주고 흙 힘으로만 키운
벌레가 먹다 남긴 무공해 배추 뽑아와 도마에 쫑쫑 썰고
된장 고추장에 밥 비벼 먹고 앉아
너의 비명을 쓴다
…… 이래도 되는 걸까

TV 틀어놓고, 우아하고 화사하게 청중을 휘어잡는
황수정 아나운서의 음성 뒤로 열리는 음악회, 오늘은 '동물원'의 무대를 보며
무대 아래 지그시 눈감고 추억에 잠긴 선한 눈들, 꾸밈없는
웃음, 진지하게 고개 끄덕이고, 박수도 따라 치는 사람, 사람들과
— 우, 너무 빨리 변해 가네, 우, 너무 쉽게 변해 가네,
노래에도 젖어들며

너의 비명을 쓴다
…… 이래도 되는 걸까

— 참교육의 꽃, 고 김수경 열사, 여기 잠들다
여기까지 써 놓고
수경이 벗들은, 우리 제자들은, 일념의 투쟁 끝에
학교서 명예졸업장 받아내 부모님께 안겨드리고
공원묘지에 비 세울 자리까지 마련했는데
우린 뭐냐, 그동안 뭘 했냐,
버릴 수 없는 사랑의 약속 때문에 너희 곁을 떠났다가
다시 교단으로 돌아왔다고,
그 말 정말이냐, 정말 그 사랑의 약속 지켜왔느냐,
혼자 다그치면서 마구 몰아세우면서
반성문 쓰듯이
너의 비명을 쓴다
…… 이래도 되는 걸까

그날 떠나는 너의 영정 보내지 않으려고, 뒹굴며 길을 막아

울부짖던 아이들, 마지막 교문 밖 세상 밖으로 내보내던 그날
너를 차마 김수경 열사라 부르지 못하고
우리 친구 수경이, 사랑하는 우리 제자 수경이……
이렇게 불렀었는데,
지금은 김수경 열사라 불러도 아무렇지도 않으니
수경이가 정말 열사가 된 것일까
혹은 무엇이 바뀌었을까
흘러간 것은 시간뿐이었을까

더 많은 수경이들은 그날보다 더 큰 고통 속에서
꿈을 접은 채 하루하루를 지워가고 있는데
그가 죽음으로 가져온 것들을
두 눈 뜨고 야금야금 빼앗기고 있는 오늘,
이렇게 멀쩡한 몸으로, 흐릿한 정신으로
입으로만 부끄럽다 부끄럽다, 말하면서
너의 비명을, 나는 정말 써도 되는 것일까

사과나무 불꽃

김종인

파르스름한 불꽃을 낸다.
한 많은 영혼들의 방황인가
저만큼 달려가던 현실이
문득, 돌아본다.
폭력의 시대를 건너왔으나
아무 것도 바뀐 게 없는 오늘
적반하장의 시대에 우리는 또,
무엇을 위하여 달리고 있는가.

불꽃은 남실남실 피어오르며
사과나무 생살을 태운다.
하얗게 꽃 피우던 기억도 없이
주렁주렁 달린 사과 사이로
노을의 기억도 아득하다
진실은 늘 숨어 있다 은밀한 곳에,
현실은 껍데기에 불과하다.

이제 저 아궁이 속에
세월의 껍데기를 던져 넣는다.
내면으로 충일한 나무들은
파르스름한 빛을 내며 타지만
벌레 먹은 나무들은 이내 스러진다.

그래, 세월의 막다른 골목을 지나
그대를 생각한다. 이름 없이 스러진,
수많은 영혼들의 불꽃이여!
사과나무 매혹적인 불꽃을 보며
한 아궁이 장작을
다 디밀어 넣는다.

커피 아줌마

권혁소

집회 때마다
남들보다 서너 시간은 먼저 와서
집회 성공을 기원하며
온수통에 숯을 피우는 사람

술을 팔면 돈이야 더 남겠지만
술 많이 마시면 집회가 망가진다며
꿀물과 커피만 고집하는 사람

최루탄 없으니 할 만하다면서도
요즘 집회가 팔십 년대 절반이나 쫓아가냐며
시늉만 내는 지도부를 비판하는 사람

집회 정보 수집을 위해
연속극은 안 봐도 뉴스만은 꼭 본다는,
그 자신 민중언론인 사람

아니 민주노총인 사람
열사의 일상을 기억하는 사람
땀 흘려 번 돈을 모금함에 넣기도 하는 사람
그 사람

바위 위에 씨앗을 심는다

김기홍

길은 보이는 것만이 길이 아니더라.
어미 애비 조 이삭 보리 이삭 이고 지고
걷다 넘어지다 산언덕 흙집에 들고
도시로 간 사내들 간간이 길 막혀
사람의 길을 내다 손목이나 발목을 팔고 돌아온 길

평탄한 것만이 좋은 길이 아니더라.
때로는 길인지 안방인지 별천지인지
잠들어 잃어버린 시간의 주인은 그저 꿈일 뿐
곧게 뻗은 길은 미몽의 터널로 이어져
사람의 마을은 죄다 부서진 환상의 헛간에서
눈 뒤집힌 걸구들만 뒤엉켜 전쟁의 상흔을 떠올릴 뿐

우리 바라는 길은 순순히 문을 열지 않더라.
누군가 가자했던 그 길은 무너지거나 닫혀 있고
집채만한 바위가 어느새 떡 버티고 서서
더 이상 너희들의 길은 없다. 눈 부라리며

가라. 무지갯빛 꿈을 내려놓고 돌아가라는데

멀다 험하다 돌아설 길이었으면
희망의 보따리는 챙기지 않았으리.
누군가 걷다 만 길도 고쳐서 가고
막힌 길은 뚫어야 길이 되는 법
오늘은 세상 큰 바위에 씨앗을 놓으리라.

바위 위에 심은 작은 생명이
싹도 틔우기 전 바람에 날리거나 메말라 죽을지라도
수천 수만 씨오쟁이에 꿈틀대는
평화의 씨앗을 심고 또 심나니
농익은 사랑을 깔고 북돋으면
군사독재보다 거대한 게걸스런 자본의 바위
권력의 향수에 마비되어 굳어버린 탐욕의 바위
끝내 부드럽고 작은 뿌리에 쪼개지고 부서져
무지렁이 가난한 꿈의 길은 열리리니.

오늘 그리고 내일도 검은 바위 정수리에
씨앗을 심는다.
다리 잘린 나무는 앉은 채로
팔 잘린 나무는 맨몸으로
하찮은 것들이 서로 모여 풀꽃 눈빛 반짝이며
희망을 심는다.
꿈을 심는다.

오십

김명환

제야의 종소리를 들으며
아내와 맥주를 마셨다
나이 한 살 먹는 거
별거 아니지만
오십은 섭섭했다

아침에 일어나서야
제야의 종소리를 들으며
해마다 읽어오던
공산당선언을
읽지 않았다는 걸 알았다

사십구 년의 꿈이
아프게 밀려왔다

에어컨 수리기사 김종상 씨

문창길

익숙한 솜씨로 드라이버를 돌리는 그의 이마에는 벌써 심오한 절망이 맺힌다 올여름은 몇십년 만에 더울 거라는 판에는 즐거운 비명이라도 질러댈 성싶은 에어컨 수리기사 김종상 씨 해묵은 에어컨 뚜껑을 열자마자 시원한 목소리로 언제 샀냐는 둥 이것저것 물어 보더니 이름 모를 부품들을 뜯어 젖힌다 굉장한 고장이라도 난 걸까 아니면 심각한 희망이라도 찾아낸 걸까 가끔씩 소맷자락으로 흐르는 땀방울을 훔쳐내는 그의 피둥피둥한 얼굴에는 검정기름때 스물스물 스물 몇 살의 역사가 척박하게 그려져 있다

실내기 팬을 교환해야 된단다 아마 핵심적인 부품인가 보다 하기야 제품 생산연도가 이십년은 넘었으니 제까짓 수명이 다 되었을 것 같다 기사님 수리비는 얼마나 나옵니까 이십 몇 만 원쯤 나올 거란다 이십대의 김 기사는 매우 정열적인 행위로 늙은 에어컨을 잡도리 한다 실내 분위기가 후덥지근하다 에어컨 밑구녕을 쑤셔대던 김 기사가 한참을 씩씩대더니 순간 악하고 외마디를 지른다 금방 열이 올랐나 아니면 에어컨이 뜻대로 말

을 안 듣나 그도 아니면 젊은 놈 계송을 외치나

손에 쥔 드라이버를 홱 내던지며 피 흘린 엄지손가락을 빨아 대던 눈동자가 갑자기 일그러진다 에이 씨버랄 막심한 입담으로도 자기 분을 삭이지 못하는 에어컨 수리기사 김종상 씨 뭔가 빙점의 흔적을 확인하듯 그 아래를 훑으며 조심스럽게 에어컨 스위치를 켠다 굳이 미안할 것도 없는 나는 흥건히 땀 젖은 그의 손아귀에 이십육만 원을 건네주며 한마디 일갈한다 모든 늙고 헐거운 것들도 날카롭고 예민한 구석이 있습니다 조심합시다 서서히 열반에 드는 바람처럼 우리는 이별하는 도반이 되어 가슴을 식히고 있다

아니오, 아니어요

박두규

그대 이름 잊었나 봐요
부르고 싶어도 부를 수 없네요

그대 얼굴 잊었나 봐요
그리려 해도 그려지지 않네요

그대 마음 잊었나 봐요
사랑하고 싶어도 사랑할 수 없네요

흐르는 동안 모두가 잊히고 사라진다 하지만
나, 까마득히 잊힐 줄 몰랐네요

세월 탓, 먹고 살기 바쁜 탓이라고 하지만
그놈의 돈 때문이라고 하지만

아니오, 아니어요
삼백육십 도 변해버린 내 탓이어요

아니오, 아니어요
하나도 변하지 않는 내 탓이어요

울어라, 보일러

박영희

오후 다섯 시, 옥상에 오른다
주변이 잠잠하다 벌써 몇 해째인가
동네가 공동묘지다
이제 곧 일터로 나간 사람들 돌아오련만
웅웅 보일러 우는 집이 없다

대통령도 바뀌고
장관도 바뀌고
바뀔 것 다 바뀌었다
한 바퀴 다 돌았다

사람은
밥을 먹어야 속이 든든하고
방바닥 창자는
기름을 먹어야 등짝 따뜻하건만
방문 열고 들어서니 밑바닥 섬뜩하다

아가야,
너라도 대신 울어라
앙앙
귀 먹먹토록 울거라

벌써 오후 다섯 시다

무장武裝

정원도

사는 것이 너무 극한으로
일용할 양식이 결핍된 상황에서는
식물들도 식충食蟲이 생겨났다

시체와 같은 악취를 방출해서
파리 떼를 유혹하는 칼라처럼
아프리카 수련이나 벌레잡이 제비꽃처럼
밤마다 비장의 끈끈이주걱으로
외롭게 무장하게 된다

그나마 그런 오기조차 포기한 채
가없이 스러져간 종種들은
얼마나 슬픈 역사이련가!

오늘도 생존의 늪에서는
저마다 탈락하지 않으려는 몸부림들이
처절하도록 눈물겹다

스스로 무장할 방도가 없거나
너무도 다급하여
무장을 포기하여 슬픈 종들이여!

봄밤이 처연한 것은

조진태

신록이,
늘어지게 하품하는 것을 보고
징그러워졌다.
혹독한 겨울을 떠올린 까닭이다.
사람의 생 또한, 그러하다.

멀리서 밤늦도록 야간 근무자들 퇴근 않고
쩌렁쩌렁 목청 돋우고 있다.
세상 살아가는 일 때문이다.
내가 사는 곳은 금호타이어가 오랜 동안
사람들 먹여 살린 곳이었다.

신록이,
숱하게 사람들 가슴에 엉겨 붙어
붉디붉은 피를 토하는 것을 보고 있다.
후줄근한 여름밤의 별빛 또한,
이 어쩌지 못할 아우성과도 같다

해가 자꾸 바뀌어도 변함없는 것에 대하여
생각한 까닭이다.

대답해보세요

공광규

지하철 종각역 지하도 종이상자 위에
국가유공자증서 제10-18069호가 누워 있다
1933년 5월 16일생인 그는
2001년 3월 14일 대통령 김대중으로부터
국가유공자증서를 받았다
그가 어떤 공적이 있어
국가유공자가 되었는지 알 수는 없지만
누워있는 증서에는 이렇게 쓰여 있었다

"대한민국의 오늘은
국가유공자의 공헌과 희생 위에 이룩된 것으로
이를 애국정신의 귀감으로서 항구적으로 기리기 위하여
이 증서를 드립니다."

증서와 나란히 누워 있는 사진을 보니
그는 한때 잘 나가던
선글라스 끼고 권총 찬 육군 중위였다
이 사람의 공헌과 희생과 애국정신을

노숙자로 처박은 자는 누구인가?

초국적 금융자본인가?

고시에 합격한 매판관료와 법조인인가?

사이비 학자와 사이비 노동조합 지도자인가?

숨겨놓은 돈이 많다는 전직 대통령들인가?

작가수첩

최종천

해마다 작가회의에서 주던 작가수첩이
올해는 오지 않는다. 나는 그 수첩에다가
내 일당을 기록하곤 했다.
잔업을 하면 끝난 시각과 공을 치면
공친 날에 가위표를 해놓았다
그 달치 임금이 나오면 작가수첩을 펼쳐 놓고
계산을 한다. 공수를 정확히 따져서

한국시인협회에서도 수첩이 나왔다.
작가와 시인은 다르던가?
그 수첩에 일당을 표시할 곳은 없다
가도 가도 시인들의 주소뿐이다.
이제는 그 좆같은 노동을 그만 두라는 듯

도대체가 나는 시인인가 노동자인가?
작가회의에서는 왜 작가수첩을 보내주지 않는가?
시인협회에서는 왜 시인수첩을 보내 주는가?

내 일당의 노동은 어디에 기록해야 하나?

시인들은 말한다. 시는
권력도 돈도 되지 못하는 것이라고 그렇다면,
나는 시인들의 마빡에다가 내 일당을 기록하고 싶다.

노동이야말로 권력도 돈도 되지 못하는 것이다.
뭐? 지구 온난화, 황경파괴, 생태시라고?
자연은 우리가 자연에 순응함으로써만 정복되는 것이다
노동은 자연에 순응하는 것이어야 한다. 인간의 손아귀에서
노동을 구출하자. 시로부터 빼내자.
시는 무장한 것이다. 노동은 알몸이다.

타이어

김만수

타이어가 굴러가고 굴러오고

고무타이어를 굽고 뒤집다가
공원들이 떼로 굴렀다
물 위를 달리게 하고
물을 물고 설 수 있게 하는 타이어
낭떠러지 앞에서 멈출 줄 아는
그 오돌토돌한 홈을 만들던 그들
수십 명이 차례로 넘어졌다

눈을 까뒤집고 심장에 충격기를 들이대도
그들은 그들이 만든 바퀴에 치여 죽었다
폐타이어를 굴려
시인이 몇이나 나왔는데
타이어를 가락지처럼 끼우고 만지던 그들이
털털거리는 그 바퀴를 세우지 못하고
가을이 오는 계룡산 뒷길을
줄지어 떠난 것이다

전봇대

이규석

어깨 무겁다고
슬쩍
내려놓을 수도 없는 짐

말은 삼켜야 했다

세찬 바람 불고 갈 때마다
우우우 속울음 울어도
일탈할 수 없는 제자리

스스로 길이 되어
오늘도
꼿꼿하게 지키고 섰다

텅 빈 12월의 은행나무

강세환

아파트 놀이터 텅 빈 은행나무 가지마다
은행 알보다 많은 꼬마전구 수백 개 매달았다
밤하늘을 끌어다 놓은 듯
밤마다 텅 빈 은행나무는
은행 알 한 움큼씩 움켜쥐고 있던 그때보다
지난 토요일 야심한 밤에
산정호숫가에서 인연처럼
우연히 만났던 별밤의 성성한 그 별빛보다도
더 씩씩하게 환호작약 빛나고 있었다

(요즘 지상에 뭐 빛나는 일들이 있었나요)
(죽지 못해 …… 따분할 뿐)
(밤하늘에 빛나는 별을 본 게 언제?)
(별들도 힘들긴 힘들겠죠)
(공이니 색이니 하는 선문답은 아니죠)
(요새 정말 죽을 맛이죠)

아파트 외벽에다 귤 하나만한 백열등 걸어놓고
야심한 밤까지 귤을 팔던 중년
한 무더기씩 모여 있던 귤들이
갑자기 힘을 합쳐 쿨럭쿨럭 소리를 지르고 있었다
답답한 가슴에 별이 되어 줄게요
한 남자의 굵은 눈물 같은 귤이에요

오늘밤 저 하늘의 눈물 같은 별들이
그렁그렁 글썽이고 있던, 텅 빈 12월의 은행나무

많이 보고 싶다

정인화

언제까지
비정규직이란 이름의 천덕꾸러기가 되어
이 모멸의 거리에서
뒹굴고, 넝마처럼 흩날려야 하나
얼마나 더 많은 세월을
천막 뜯기워가며
한뎃잠을 자고
눈물 섞인 라면을 씹어야 하나

언제까지 그 언제까지
더 뜯기고 내팽개쳐져
뒷골목 휴지조각으로 살아야 하나
어이하여 마른 먼지 나는
이 폭폭한 길은
끝이 보이지 않는가
어이하여 이 길은 나날이 절망으로 덮쳐
숨 막히게 하는가

그 끝이 어디인가
보고 싶다, 단 한번 만이라도,
새쪽하늘 빛나는 희망 하나.
많이 보고 싶다
울 어매 품 속 같은
서럽게도 그리운 세상 하나.

능소화, 최명아

서수찬

나는 한 여 전사를 압니다
나는 한 때 그녀의 동료이며 동지였습니다
짧은 생을 불꽃처럼 살다가
그렇게 갈 줄 정말 몰랐습니다
그녀가 아직도 할 일들이 해변의 모래알들보다
많이 남아 있습니다
내가 가족의 이름으로 그녀와 좀 멀리
떨어져 있는 사이 그녀는 신문지의 한 모퉁이를 빌려서
부고를 내게 전해왔습니다
내가 능소화라고 알고 있던 그녀가
하루아침에 질 줄을 몰랐습니다
나를 비롯해서 전선에서 이탈한 수많은 운동가들이
능소화를 대신해서 부고란에 이정표처럼
무덤을 내걸어야 하는데 말입니다
시대가 조문 등을 바꾸어 달았습니다
아니 내가 자진해서 걸었습니다
그녀를 우리가 그 쪼그만 부고란에 가둔 것입니다

그때 능소화가 그대로 져버린 줄 알았습니다만
이름만 하늘을 이기는 꽃인 줄 알았습니다만
내가 가정의 문을 열고 정말 오래간만에
대추리를 찾았듯이
내 속에 그녀가 능소화씨를
꼭꼭 숨겨 놓았나 봅니다
시대를 참고 발아될 때까지 아주 오래도록 참았나 봅니다 그래서
능소화는 죽음을 이기고 피는 꽃이라
더욱 아름답나 봅니다.

능소화 시절

양문규

아버지 담벼락을 타고 올라 노래를 불렀다

가는 세월과 오는 세월이
아버지를 오래도록 담장 위에 올려놓고
온몸에 불을 지피던,
황홀한 시간이 쉰, 몇 날까지 이어졌다

어떤 모진 삶도 능소화 앞에서는
붉디붉은 꽃 이파리
제 하고 싶은바 꽃이었다 하늘이었다
뼈마디 활활 불태우던,

날이 저물고 찬비 내리는 날
아버지는 저 매미소리와 함께 담장을 내려왔다
낡은 어깨가 인삼밭 해가림 천막처럼
축 내려앉아 땅바닥에 닿았다

군사개발독재와 우루과이라운드를 넘으며
아버지는 새벽 마당을 깨끗이 쓸고
담벼락을 타고 올라 초지일관 노래를 불렀다
그 노래 하늘로 쭉쭉 뻗는 능소화였다

또 날이 저물고 찬 서리 내리는 날
자유무역협정의 한－찔레/한－미 FTA,
아버지는 마른번개 천둥소리와 함께
영원히 담장을 내려왔다
능소화 시절은 온데간데없이 허물만 남았다

갈담장

정우영

갈담장날 차부 뒤켠 장터에 갔더니 싱싱한 물건들은 다 자리를 뜨고 늙수그레한 무말랭이와 물색없는 오지그릇 두엇이 남아서 쨍쨍한 대낮에 권커니 자커니 탁배기를 비우고 있었다. 오수장서 들었는디 말여요이, 에프텐*인가 하는 무시무시한 미국놈이 곧 우리나랄 쳐들어온다등만요. 오지그릇이 떠벌이자, 그려? 오살헐 놈들이 우릴 다 쥑일랑개비네. 앞날이 폭폭하다는 듯 낯빛을 찡그리면서도 탁배기를 털어 넣는 무말랭이의 손길은 몹시 바빴다.

*한미자유무역협정(FTA).

묘비명

최승익

저마다 어우러져 군무를 이루어 온 숲속에서
스스로 상처 받으며 버티어 자라듯
뜰 앞 단풍나무 벌써 철들었네
뜰 안 가득히 겨울비 수직으로 내려와
거친 땅 헤치며 자유를 울부짖어
이 땅에서 이름마저 못 다한 넋들이 구시렁거리며
사람 사는 동네를 서성거리다가
이웃 끼리 머릴 대고 모여 사는 마을을 기웃대다가
재촉하듯 쫓기듯 날개 꺾인 채
일어나라 일어나라 소리치며
묘비명 없는 빈 산, 주인 잃은
무덤 위로 쓰러질 듯 부르짖듯

후예들

육봉수

다들 적자입네 상속은
우리가 받아야 합네

사분오열 인간해방
지리멸렬 노동해방

전설로만 떠받들고 싶은
그

말씀들만 많은 가슴들 속에
아직도

살아…… 계셨습니까?

살아계셨습니까?
불행히도……

밥은 촛불이고 촛불은 밥이다

정세훈

양초 심지에 살포시 불이 붙은 것이 촛불이다
그 촛불 들고 밥을 위해 거리로 내몰린
발걸음들을 '촛불시위'라 감히 말하지 말라
밥은 촛불이고 촛불은 밥이다

두메산골 고향에서 초근목피로 연명해가던 유년시절
촛불이 타올랐지 엄마가 자비의 부처님께
"우리 어린 자식 놈 고픈 배 채워주시고 건강하게 해주세요."
만수무강을 빌던 암자 법당 안에서 촛불이 타올랐지
맞교대 주야간 작업장에서 48시간 연장노동을 해야
그럭저럭 살아갈 수 있던 한창 팔팔하던 청년시절
촛불이 타올랐지 전지전능하신 하나님께
"이 놈의 처자식에게도 싸구려 분식집에서나마
외식 한번 제대로 할 수 있게 해주세요."
소원을 빌던 교회 예배당 안에서 촛불이 타올랐지
신비스러웠어라
밥을 위한 기도를 위해 제 몸을 불태워주던

가난한 나의 한 자루 촛불이여
그러나,

촛불은, 만인의 밥을 위한 촛불은,
갇히어서 법당 안이나 예배당 안을 밝히는 것이 아니다
정전된 집구석 잠시 밝혀 주는 것이 아니다
내 몫의 소찬 밥마저 넘보는 무소불위의 권력이
억수로 쏟아진다 해도
태풍이 되어 불어 닥친다 해도
결코 억지로 기름 먹인 횃불이 되지 않는 것
내 밥을 거리에서 찾을 수밖에 없는
거리에 내몰린 백성과 함께
마지막 심지까지 분신하는 것
꺼질세라 감싸 안은 종이컵이
무쇠 가마솥이 될 때까지 한 줌의 재가 되는 것

신비스럽지 않게, 신성스럽지 않게, 거룩하지 않게,

별

표광소

돈 천만 원이면
빚보증 잘못 선 아우의
빚을 대신 갚을 수 있고,

삼천만 원이면
칠순 넘어서도 노점상하는
어머니께 시장 근처에 깨끗하고 햇빛 잘 드는
방 한 칸 얻어드릴 수 있다

일억이면
시골 가서 묵은 땅 탕탕 갈아엎어 찰지도록
유기농을 할 수 있고,

삼억이면
산동네에 떡하니
어린이 도서관을 지을 수도 있으련만,

삼억은 고사하고
돈 천만 원도 없었다
돈 천만 원은 고사하고

매달 생활비에도 빠듯한
월급봉투를 조마조마 기다리며
노동자 구보 씨는

서울 끝 산동네에서 하산하는 새벽마다
낡은 지하철 1호선에 비몽사몽
한 시간 이상 실려 갔다

사천원 이하의
얼큰한 김치찌개나 속 시원한 잔치국수를 먹으며,
밥 먹듯이 야근하고,

밤늦게 돌아와 눈 맑은

두 아이랑 반짝반짝 별빛 눈 맞출 짬도
힘도 없이

아홉 평 지하 방에 누워,
어느 날 갑자기 싹둑 목 자르는 가위에 눌려
살려주세요 살려주세요 외쳤다

꿈 깨어, 편취하며 탈세하며 돈세탁하며 뒷돈 챙기며
호화저택에 사는 사장의 띵한
그 속내야 빤해도,

양심선언이든 고발이든 했다가
탈주자로 한번 찍히면 그나마
노동자 노릇도 못하고 노숙자로 한뉘 떠돌까봐

눈먼 3년 귀먹은 3년 벙어리 3년 벌벌 떨었어도 그 사이
복권 한 장 안 샀다고, 노동자 구보 씨가 오늘은,

어쩌다 소주 한 잔씩 마신 친구들한테 주사를 부렸다

삼억짜리 복권에만 붙어도 한방에 빚 갚고,
깨끗하고 햇빛 잘 드는 방에
어머니도 모시고, 묵은 땅 탕탕 갈아엎어
찰지도록 농사하며, 도봉산 무수無愁골 같이
잔걱정 많은 산동네에 떡하니
어린이 도서관도 지을 수 있다고 반짝이는

그 속내야 빤해도,
기적을 안 바라고 사기도 안 친다고,
가난하지만 부끄럽지 않다고

하늘을 우러러
별들에게 큰소리 한번 쳤다,
모처럼 불콰하여

시집

맹문재

"증말 저런 데 살아봤으면 소원이 읎겠네. 나는 글쎄 지하에 산다구."

출근 버스를 기다리며 서 있는 내게
머리카락을 연탄재같이 날리며 다가온 할머니.

나는 얼굴을 쳐다볼 수가 없어
할머니가 가리키는 손짓을 따라 아파트들을 바라보다가
투르게네프의 「거지」를 중얼거렸다.

"용서하시오, 형제. 아무것도 가진 것이 없구려."

동냥을 청하는 거지에게 주려고
호주머니며 지갑을 뒤졌지만
손수건마저 없었을 때 느꼈던 투르게네프의 심정이 이러했을까?

"용서하세요, 할머니. 저도 가진 것이 없네요."

그렇지만 말하지 못했다.

나의 가방 속에는 시집이 들어 있었던 것이다.

벽지

박형준

눈보라가 방문을 열어젖힌 후
고아처럼 뜯겨진 벽지 아래 몸을 웅크린다
산등성이에서 눈을 만나
초가집 몇 채 가는 연기를 따라
들어온 빈집이다, 방금 전까지
창호지 문으로 내리는 밤눈을 보며
내외가 가만가만 이야기를 나눈 듯하다
흔들리는 벽지 아래 자리잡고 있으니
온기가 묻어 있는 따뜻한 침구 같다
내외의 숨결이 숨쉬는
뜯겨진 벽지의 이음새를 세어보니
모두 여덟 겹이다
자식들이 태어날 때마다
새로 도배를 하며 내외는
풀비 지나간 흔적마다
꽃을 활짝 피웠으리라
길 잃은 등산객의 언 손과 발을 녹이며
집은 눈보라 속에서 마지막 숨을 쉬고 있다

전태일을 말한다

성희직

오랜 군사독재에 길들여진 사람들
주는 대로 받아먹고 시키면 시키는 대로
그렇게 점점 짐승으로 변해갔다
지식인들도 예외는 아니어서 다들 눈감고 침묵하며
장님에 벙어리 시늉하기에 급급하였다
그러는 사이 뜨겁던 심장도 싸늘하게 식어
모두가 호모사피엔스 시절로 퇴화되어 갔다

단 한 사람만이 예외였다
그는 지식인도 문화인도 아니었지만
누구보다 뜨거운 인간 사랑의 가슴이 있었다
이승에선 못다 굴릴 미성년 노동자들의 힘겨운 덩이를
대신 굴려주려 세상의 양심 깨우는 '신문고'를 울렸다
근로기준법 책과 함께 자신의 몸뚱일 불쏘시개로 태워
모든 인간은 우주의 중심임을 만천하에 선언하였다

이 땅의 노동자들 가슴 가슴에

청년은

살신성인으로 가장 아름다운 이름으로 부활하였다

찡한 눈짓

오인태

그녀가 보내온 것은 돈이 아니라
눈물이었다

조국은
지금 날마다 촛불이 켜지고
촛불은
물대포 세례에 날마다 눈물을 흘리고

촛불은,
머나먼 이국에서도 타오르고 있었다

그리하여, 토론토 아줌마
그녀가 캐나다에서 보낸 미화 10,000달러는
또 하나의 촛불이었다

그 촛불이
밤마다 흘리는 눈물이었다

눈물은 물보다 진하다는
눈물은 물보다 강하다는
그래서 우리가 이긴다는

촛불이 촛불에게
그렁그렁한 눈으로

찡긋, 하는
바로 그 눈짓

부끄러움에 대하여

유용주

실핏줄 하나만 잘못 건드려도 대폭발이 일어나는 저 활화산 같았던 80년대 후반, 사인思寅 선생과 나는 하룻밤을 같이 보낸 적 있었다 작은 공부방 비슷한 인사동 낡은 미술관 2층 잡지사 사무실 창문 너머에는 가을바람 소슬하고 이따금 취객들의 고함소리가 밤하늘에 낙엽처럼 굴러다니기도 했다 다들 아시다시피 더듬고 더듬은 나머지 췌장 근처에서 간신히 꺼내오는 말 때문에 기다리는 사람 혈압 터지게 만드는 충청도 양반인 데다 원고 펑크 내기로 이미 한양 땅 선비들 사이에 소문 또한 요란뻑적한 분이라 쇠고랑과 몽둥이만 없었지 하룻밤 정치범 수용하는 교도소 교도관 노릇을 한 셈이었다

80년대 시인 특집 원고를 쓰는 내내 교정용 탁자에서 사인 선생은 꼿꼿했다 가끔 어색한 공기 때문에 헛기침을 하며 눈이 마주치면 내 고향 물뿌랭이水分里에서 발원하는 금강처럼 휘어진 눈 꼬리로 비지긋 눈웃음 한 잔 건네준다 잔이 넘치지도 않는데 나는 그저 한 생애 내장 모두 끄집어내어 속죄하고 싶었고 자수하고 싶었고 무릎 꿇고 잘못을 빌고 싶은 마음으로 안절부절, 명치 끝 타 들어가는데 선생은 아무 일 없는 듯 가방에서

서울우유 500ml와 삼립 단팥빵을 꺼내 우리 야식이나 들고 합시다 하면서 수줍게 왼손바닥 위에 턱을 받치며 딴청을 부렸다 저 수줍은 미소 뒤에는 천만 마리의 이무기가 웅크리고 있다는 것을 강산이 몇 번 바뀐 뒤에야 깨달았지만, 무심하게도 거, 결혼하고 한강 근처에 집을 하나 마련했는데 아무 이유 없이 자고 나면 집값이 오르는 겁니다 이걸 어떡하나, 땀 흘려 일하는 사람들 생각하면 미안해서 큰 걱정입니다 단팥빵을 덥석 베어 물고 목울대를 크게 흔들며 남은 우유를 달게 마시는 게 아닌가

그 하룻밤 풋사랑 인연도 모진 인연인지라 만리장성을 쌓았다고 착각한 어리석은 짐승은, 『노동해방문학』 창간호를 만드느라 정신이 없는 신촌 시장까지 찾아갔다 사무실은 전쟁터였다 지금은 전설로 남아있는 백○○, 조○○, 김○○ 씨와 함께, 편집 회의와 표지, 본문, 인쇄, 출력, 교정 같은 단어가 구호처럼 쏟아지는 사무실에서 나와 막걸리를 마시면서 무작정 선생님 저, 박노해나 백무산보다 훨씬 더 밑바닥 생활을 많이 했거든요 노동문학 하면 저 같은 놈 아닙니까? 제 작품을 실어 주십시오 그 때 나는 보고 말았다 막 집어든 순대가 덜덜 떨리는 것

을, 납작 찌그러진 머리 고기가, 빵빵 뚫린 염통이, 푸석푸석한 간이, 두근 반 세근 반 벌떡벌떡 일어서는 것을, 저 일생일대의 사인 선생 난감한 표정이라니! 그, 그, …… 그러니까, 유 선생, 일단, 작품을 하, 한 번 보, 보여 주시고 ……, 작품? 그거 보나 마나입니다 박영근보다 훨씬 더 잘 쓸 수 있습니다 걱정하지 마십시오 술잔을 높이 든 나는 콧구멍에 힘을 주며 큰소리를 쾅쾅 쳐댔다

불이 꺼지고 물뿌랭이 같은 강물도 잔주름과 반백의 머리칼로 말라붙어 19년이나 흐른 뒤에, 19년 만에 약속을 지킨 사인 선생 시집을 읽어보니 시 쓰는 일이 목숨 지키는 것보다 더 무서운 일이라는 걸 알았다 철없이 짓까불던 20대의 혈기방장이 한없이 부끄러워 자다가도 벌떡 일어나 빨갛게 달아오른 귓부리를 새벽 찬물로 거듭거듭 씻어낼 수밖에 없는데, 가만히, 가만히 암소 잔등 같은 크고 부드러운 손이 다가와 괜찮다, 으음, 다 괜찮다 쓰다듬고 또 어루만져 주는 것이었다

카지노 불나방

정연수

사북 갱구 막은 자리에 카지노 간판을 달았다
카지노 불나방
탄광이나 카지노나
살고 죽는 확률은 마찬가지

막장으로 선택한 갱구가 닫히면서
그래도 몇이야 잭팟을 터트렸겠지

탄광은 밤을 새워 석탄을 실어 나르고
카지노는 밤을 새워 코인을 실어 나르는
탄광촌의 병방은 오늘도 막장

이마에 희미한 안전등 달고도 수만 명 죽었는데
갱도보다 삐까번쩍
얼마나 더 죽이자고 카지노 불빛 저 난린지
카지노 불나방의 눈은 점점 커지고

채탄막장이야 뺏길 것도 없이 찾아왔다지만
있는 것 다 뺏고도 새로운 막장으로 떠미는 카지노
갱도보다 더 독한 막장.

술자리에서

서정홍

출근하자마자 작업반장이 갑자기 주문량 늘었다고 철야작업을 해달라고 해서, 말 그대로 나는 밤새 눈 한번 안 붙이고 철야작업을 했다 아이가. 그런데 작업반장이 출근하자마자 묻더라 카이. 작업량은 다 했느냐? 기계 고장은 나지 않았느냐? 비싼 공구는 부러뜨리지 않았느냐? 니기미씨팔, 사람보다 중요한 게 한두 가지가 아이라 카이. 언제쯤 작업반장이 이렇게 묻겠노. 밤새도록 일하느라 얼마나 피곤하냐? 다친 데는 없냐? 야식은 제때 잘 챙겨 먹었냐? 하하하! 내가 괜히 술맛 떨어지는 소릴 했구마 미안, 미안하이.

용만이 형, 미안하긴 와 내게 미안하요. 더럽고 좆같은 세상 탓이지. 작업반장도 알고 보면 불쌍한 사람이잖소. 먹고사는 일이 만만찮으니 …… 그리고 술 마실 때 아니면 우리가 언제 속 털어놓고 누굴 씹겠소. 또 씹을 안주거리 없소. 씹을 안주가 많아야 술맛이 나지요. 술맛이 나야 세상이 제대로 돌아가지 않겠소. 하하하하!

오늘 하루만큼은

이한주

오늘 하루
오늘 하루만큼은
천만 노동자 가슴 속에 새겨진
활활 타오르는 불꽃 말고
그런 부담스런 이름 말고
속 깊고
의젓하고
의협심 강한
그런 전태일 말고

놀고 싶고
군것질하고 싶고
엄마 품속으로 파고들고만 싶은
콧물 찔찔 눈물 뚝뚝
초등학교 4학년
대구 촌놈 태일이가 되어

오늘 하루
오늘 하루만큼은
신문 팔러가지 말고
태삼이 순옥이 순덕이
동생들 걱정하지 말고

파아란 물감 같은 하늘에
고사리 두 손 두 발 푹 적신 다음
찜뽕도 하고
구슬치기도 하고
여자애들 고무줄 끊어먹기도 하며
학교 운동장 구석구석
바람처럼 누비다가
넘어지면 활짝 웃음꽃이 되어
다시 피어나는 네 꿈을
맘껏 그려 보아라

남산 소나무처럼 푸른
열두 살 꿈이
남대문초등학교 교가처럼 울려 퍼질 수 있도록
오늘 하루
오늘 하루만큼은
네가 우리 가슴 속 머물지 않고
우리가 네 가슴 속 머물 수 있도록

*전태일 열사의 남대문초등학교 명예 졸업장 수여 및 자랑스러운 남대문인 선정에 부쳐 쓴 시입니다.

변신

황규관

한반도도 이제 아열대로 변해간다지
봄은 봄인데 종잡을 수 없는 기온 변화가
아마 그 탓인지 모르겠지만
무엇보다 적응하지 못하면 도태된다는
털북숭이 다윈의 주장이나
거창한 생태계 변화 운운을 떠나서
봄 내내 머리가 무겁고 입맛도 예전 같지가 않다
무려 1000일 동안이나, 아니면 그에 가까이
농성을 하고 있는
여성들의 깡마른 모습을 되새겨 보면
이미 내 몸의 구조를 무너뜨린 배후가
아열대로 변해가는 한반도의 기후나
오래 마신 술의 후유증은 아니라는 확신이 든다
이제 분노도 나를 숙주로 삼지 않는다
희망의 위선은 내가 버렸다
그 후 남은 건 변변찮은 몸뚱이인데
여기다 무엇을 더 담을 수 있을 것인가

더구나 난 성자와는 거리가 멀어
봄볕도 구름의 그림자도 내게 와 머물지 않는데
움푹 패인 영혼에
처음 느껴보는 이물질이 점점 더 무거워지는데

핵폭탄 투하 시 행동요령

문영규

부도 위기설이 나돌던,
우리가 납품하고
왕창 돈 못 받고 있던 회사에
사흘째 대기 중이던
사장에게서 전화가 왔다
"트럭 몰고 전원 출동해"

지금 법원에서
딱지 붙이려 출발했다니까
이것저것 가릴 새 없어
무조건 때려 실어!

벽력같은 소리
사람들의 얼굴에서 광기가 돈다

핵폭탄이 투하된 듯
부도난 회사 사람들은

하나 보이지 않고
하청업체 사람들만
폭풍처럼 휩쓸고 있다

설마설마 하면서 넘어왔는데
결국 터지고 말다니
지금으로부터 또
많은 사람의 얼굴이 사라져 갈 것이다
우리가 제일 큰 하청이었으니
다음 차례는 당연히 우리,
이 무서운 시한장치를
멈출 능력만 있다면 얼마나 좋으랴

(핵폭탄 투하 시 행동요령
그걸 군에서 배웠던가)
더러운 거
지금은 핵폭탄 투하 시

행동요령보다

부도난 회사에서

행동요령이 필요한 때

내 시는 나의 밥이다

표성배

내가 내 시에 대해 말할 때는
언제나 산맥처럼 당당했다
아니, 당당한 척했는지 모른다
사실, 사십이 되기 전에는 내 시는 나의 밥이었다
알맞게 간이 된 국이었고
젓가락이 자주 가는 반찬이었고
따뜻한 숭늉이었다
내 밥에는 노동자들 머리띠가 붉게 빛이 났고
망치 소리는 경쾌했으며, 팔뚝은 우람했고
가슴은 넓었다
내 밥에서 몸을 웅크리고 있는
선반가공 경력, 밀링가공 경력, 용접 경력을
우연히 마주치기 전까지는 그랬다
당당했던 내 밥이 이력서에서도 자꾸 작아지더니
언제부턴가 현관문을 열고 닫을 때도
스스로 열 수가 없었고
아이들 학적부 귀퉁이를 차지한

부모 직업란에서도 꼬리를 감추었다
내 밥이 눈에 보이지 않게 될 때쯤
믿었던 친구들도 금기처럼 묻지 않고
오히려 위로를 건넸다
내가 내 밥을 먹지 못하게 되자
몸은 갈수록 야위어졌고,
마음은 불안했다
그때서야 나는 내 밥의 출발점을
다시 생각하게 되었다
오랫동안 한 쪽 구석에 먼지를 뒤집어쓰고 있는
낡은 가방을 생각하게 된 것도 그 때쯤이었다
조심스레 가방을 찾아 열어 보니
가방 한 쪽 귀퉁이에 귀가 닳은
『전태일 평전』이 웅크리고 있었다

둥지는 새들이나 트는 것이다

—노동자들의 고공농성에 부쳐

박일환

새가 아닌 사람이 철탑 위에 둥지를 틀고 있는
그러므로 저것은 새 집이긴 하되
결코 안온한 거처는 아니다
줄곧 땅에 붙박여 살아온 사람이
허공에 둥지를 틀러 올라가는 까닭은
하늘과 교신하기 위해서가 아니다
새처럼 자유로이 비상하기 위해서가 아니다
하늘에서 내려올 동아줄을 기다리기 위해서도 아니다
다리를 벌벌 떨며 기어 올라가
철탑 둥지에서 줄곧 먹고 자고 싸는 것은
천둥과 비바람에도 꿈쩍 않고 버티는 것은
더 이상 빼앗기지 않기 위해서다
입은 옷 홀랑 벗겨 벌거숭이로 만든 자들에게
남은 살가죽마저 벗겨지고 싶지 않아서다
단지 그것뿐이다
빼앗긴 노동, 착취당한 희망
그것만 되찾을 수 있다면 언제든 내려올 것이다

다시는 철탑 근처에 얼씬대지도 않을 것이다
일평생 빼앗겨본 적 없는 자본가들이여
앞으로도 착취당할 일 없는 자본가들이여
언제까지 허공에다 노동자들의 거처를 분양할 것이냐
청약 순번을 정해 줄지어 기다리게 할 것이냐
둥지는 새들이나 트는 것이다

걸인

이기와

침묵으로 꽉 잠겨버린, 더는 열 수 없는
내 두개골을 깡통처럼 발길질해도 좋다

국밥 그릇 위에 앉아 양손을 비벼대는 파리처럼
느스러진 내 눈망울, 귓구멍, 입구멍에
조롱의 오줌을 갈겨도 좋다

아무 이유 없이 따귀를 먹여도 좋다

푸른 맹독이 빠진 뱀이 여기 뻗어 있다

침을 뱉어라
실컷 비웃어라

그리고 내 면상에 추악한 돈을 던져라

경배

김해자

아침에 눈뜨면 살아 있다는 게 신기하다
누운 채 가만히 손을 만져보고 가슴도 더듬어보다
툭툭 뛰는 심장에 손을 대보고는 안심하곤 한다
젖방을 심장 옆에 만들어주신 어머니는 위대하다,
머리 좋은 머릿속에 생명의 즙을 담지 않으신 신은 현명하시다,
심장암은 없다지, 한결같이 뛰는 놈한테는 암세포도 어떡하지 못한다지,
깨어나 쓸데없이 또 머리 굴리기 시작하는 순간에도
밤새 혼과 정신이 빠져나간 사이에도
피를 나르고 펌프질 멈추지 않은 심장이여
나는 천천히 깨어나 경이로운 그대의 소리를 듣는다
날마다 독 퍼 넣고 혹사를 시켜도 군말 없이 일하는
심장이여 몸이여 그대가 노동자다 신이다
변심 모르는 우직한 애인이다
목숨 다하는 순간까지 팔딱거리는
그대의 순정 앞에 경배

반달

유홍준

또 야근인가, 상평공단 굴뚝 위에 저 반달 천날만날 그 옷이 그 옷인 저 반달 검은 작업복에 노란 안전모 저 반달 낡은 주전자 들고 느릿느릿 물 뜨러 갔다 오는 동서산업 경비 아저씨 저 반달 이제는 별 쓸모없는 눈칫밥, 장기근속자 저 반달 피부병 걸린 저 반달 난청 걸린 저 반달 아끼고 또 아껴 몇 푼 모아놓으면 홀라당 먹구름이 찾아와 앗아가 버리는, 산업재해 입은 저 반달 손가락이 없는 저 반달 그래도 고단할 땐 한숨이라도 되게 한 번 몰아쉬는 게 힘이지 아암 아암 오늘도 반대가리짜리* 야간잔업 나가는 저 반달 아무 생각 없이 떴다가 아무 생각 없이 지는, 아무 생각 없이 떴다가 아무 생각 없이 져야하는, 상평공단 굴뚝 위에 이제는 비정규직으로 변해버린 주름투성이 ……
저 반달

* 하루 8시간 근무의 절반인 4시간짜리 잔업.

날개

이상호

내 양쪽 겨드랑이에는
비밀처럼 날개가 쑥쑥 자란다

왼팔에는 아들이 딸이
오른팔에는 아내가 어머니가

지켜주지 못한 약속을 떠올리며
잠든 밤이면
아이들은 놀이동산에서 회전목마를 타는 걸까
아내는 따뜻한 커피라도 마시는 걸까
저녁 한 끼 따뜻하게 챙겨 드린 적 없는 어머니

아이들 날갯짓에
희망을 걸어본다는 것이 아내에게 미안하고
어머니에겐 유일한 낙이라면

쉽게 잠들지 못하는 밤이

오히려 나에게는 행복인지 모른다

일하다 다친 허리에 힘을 줘 본다
언제까지 저 아이들 날개를
받쳐 줄지,
창문 너머 별이 초롱초롱하다

노래

정은호

노래도 부르지 않으면
잊어먹는 모양이다
공장에서 예전 이십대에 부르던 노래
혼자 흥얼거려보는데
자꾸 막힌다
그렇게 많이도 불렸던 노래
딸들아 일어나라,
함께 가자 우리 이 길을,
막히는 노래 더듬다보면
가슴에 새긴 아린 사람들
보고 싶은 사람들이 너무 많다
그 시절
수출자유지역 공장 나올 때
쓴 소주잔 들이키며
뿔뿔이 흩어졌던 사람들
잊혀지지 않는다
그들도 내 생각하며 산다고

나는 믿고 싶다
노래는 자꾸 막힐지라도
막힌 장벽을 뚫고 그들이 온다
막힌 노래가 되어

가시

조혜영

마음에 가시가 돋치고
그 가시가 생살을 뚫고 다시 돋치면
그 가시는 그 사람의 자긍심이고
자존심이다

그런,
가시가 없는 사람은
만나도 어지럽다

그런,
가시가 없는 사람은
눈빛도 망연하여 덥석 맘을 부렸다간
다치기 십상이다

그런,
가시가 돋지 않은 사람은
손속도 느리고 거치적거리기도 하고
흰수작도 잘 떨어 세상을 논하기 어렵다

통한다는 말

손세실리아

통한다는 말, 이 말처럼
사람을 단박에 기분 좋게 만드는 말도 드물지
두고두고 가슴 설레게 하는 말 또한 드물지

그 속엔
어디로든 막힘없이 들고나는 자유로운 영혼과
흐르는 눈물 닦아주는 위로의 손길이 담겨 있지

혈관을 타고 흐르는 붉은 피도 통한다 하고
물과 바람과 공기의 순환도 통한다 하지 않던가

거기 깃든 순정한 마음으로
살아가야지 사랑해야지

통한다는 말, 이 말처럼
늑골이 통째로 묵지근해지는 연민의 말도 드물지
갑갑한 숨통 툭 터 모두를 살려내는 말 또한 드물지

선유도 가는 길

—하이닉스 직권조인 합의서 폐기를 위한 항의농성은 "돈이냐 깃발이냐", 금속노조 관료제에 대한 작지만 근본적인 질문이다.

조성웅

토요일 오후
이제 노동운동도 주말에는 집회조차 잘 조직되지 않고
뭘 해도 되는 일 없는 나날들입니다
금속노조 상근간부들이 모두 퇴근하고 텅 빈
하이닉스 직권조인 합의서 폐기를 위한 금속노조 항의농성장
— "더 이상 기만하지 마라 배신하지 마라"
이 외침 하나가, 이 작고 초라한 자리가
당장 거대한 물결을 이루리라 과신하지 않습니다

비록 희망에 지쳤으나 젖 먹던 힘을 다해 항의하고 저항하는 것
난 눈물 뒤의 독기 오른 눈빛들을 사랑했습니다
가쁜 호흡, 타는 심장은 내란의 총성을 닮아갑니다

— "우리도 돈 몇 푼으로 원직복직을 포기하고
민주노조 깃발을 내리라는 말이냐"
하이텍 알씨디 코리아 지회 김혜진 동지와 정은주 동지가
지지 방문을 왔습니다

타는 심장 타는 분노

속속들이 빼닮은 우리는
김이 모락모락 나는 쌀밥 같은 동지들입니다

저물녘 쪽으로 가고 싶었습니다
빛의 먼 곳까지 갔던 시간들이
저녁 밥상 같은 풍성한 대화를 품고 오는 풍경을 보고 싶었습니다
하이텍 동지들과 함께 걷습니다
서로 다른 보폭들이 함께 어우러져 가는
선유도행입니다.

우리 비록 강철은 아니어도 동지가 있어 다 괜찮습니다
우울증을 수반한 만성 적응장애*의 나날들
타협했다면 얻지 못할 생애 가장 치열했던 투쟁의 기록입니다

저물녘은 치유의 힘이 있습니다
자줏빛 저녁노을처럼 조용히 손을 뻗어
내란의 총성을 알리는 가쁜 호흡, 타는 심장 소리를 들을 겁니다
지더라도 무릎 꿇지 않을 겁니다

우리는 자본주의에 적응하지 못하는 만성 적응장애 환자들입니다
우리는 노동조합 관료제에 적응하지 못하는 만성 적응장애 환자들입니다
그래요 우리 비록 강철은 아니어도 동지가 있어 다 괜찮습니다

김이 모락모락 나는 쌀밥 같은 투사들, 혁명입니다
김이 모락모락 나는 쌀밥 같은 투사들, 혁명입니다

* 하이텍 알씨디 코리아 지회 간부와 13명의 조합원 동지들은 하이텍 자본의 잔인하고 무자비한 노조 탄압으로 인해 2005년 '우울증을 수반한 만성 적응장애' 진단을 받았다. 하이텍 동지들은 업무상 재해 인정을 위해, 해고자 원직 복직 민주노조 사수를 위해 노숙농성, 목숨을 건 집단단식 투쟁과 고공농성 투쟁을 조직했다. 비록 지금 당장 이기지 못했지만 지난 6년간 탄압과 병마와 고립 속에서도 민주노조 사수를 위해 투쟁해오고 있다.

하루

김사이

다세대주택 이층 도시가스 배관에
열장이 넘는 와이셔츠가 걸려서
흔들리는 바람의 리듬을 탄다
멀리서 빨래가 흔들리는 모습에
사람들이 줄줄이 매달려 있는 것 같아
순간 아찔해져

지하철역이나 공원 혹은 상가 한켠에
아이도 여자도 함께
헌옷 박스 신문지 물어다
지붕 아래 가족처럼 둥지를 틀고
부도난 시간 되찾으려 몸부림쳤을
육신, 물기 쫘악 빠져 있는
그 자리에 처음부터 있었던 것처럼
구석구석 습기 차 있는 곳에 피어나는 욕망처럼
깊숙이 있다

무심히 날은 저물어가고
붉은 노을빛이 든 다세대주택 이층 담벼락엔
안간힘 쓰는 미래가 걸려 있다

깡통 씨의 보리회향

송유미

대저 빈 깡통처럼 굴러다녔다
몸이 비었으니 생각이 많아져
다시 누군가의 발길에 차여서 도시로 돌아오곤 했다
파인애플 같은 내 위장이 누군가에게 씹혀지고 나면,
금방 발바닥에선 즙액이 쭉쭉 흘러내렸다
나는 점점 쭈그러들면서 늙어 갔다
약속 없는 꿈에 희망의 마개를 닫을 수도 없었고,
어둠 속에서 곰팡이가 핀 창자는 깨끗하게 닦지도 못했다
내 몸은 눈에 띄게 얄팍해져 갔고,
굴러다닐 때마다 누군가 내 등을 발로 세게 짓밟았다
눈물 한 방울 고여 있지 않은 이 몸
물구나무 시켜도 동전 하나 떨어지지 않았다
그래도 허기진 몸이라, 날마다 밥을 먹고 오줌통을 출렁이며
냄새나는 시궁창을 뒹굴었다
행복의 자궁은 바퀴벌레에게 밤낮으로 파 먹히고,
몸이 힘들어 더 이상 움직일 수는 없어도
낡은 몸을 레미콘처럼 굴리며 살았다

어느 날 삼톤 트럭에 실려 도시를 떠날 때
내 몸의 껍질은 아스팔트보다 단단했다.
날마다 발길에 채이면서도
온몸을 가득 채우고 싶었던 희망!
저 밑바닥까지 더 굴러 떨어져서
뼈만 남은 이 빈 몸속에
굶주린 고양이 새끼 피를 가득 채울 수만 있다면,
오 그런 절망이 있다면야, 있다면야,

김말굽 씨의 가방 하나

임성용

김말굽 씨, 잠들어 있다
한낮 침침한 가을볕을 깔아 놓고
목과 사지가 달아난 짐승의 뱃가죽
시커멓게 털이 뽑힌 가방 하나 베고 누워 있다
가방의 베개 속에는 말굽 씨의 고향 언덕배기에서 따온
한 소쿠리 구절초 꽃잎이 말라가고 있는지
위액이 묻은 흰 빛깔을 금방이라도 토해낼 것 같다
뜬구름 따라 재빨리 지나가는 구월이 가을을 몰고 와서
텁수염에 잠긴 말굽 씨, 둔기 같은 얼굴에 구절초 피고
늑골이 부러진 몸통에는 흉각胸脚처럼 손발이 돋았다
가늘고 움직임이 없는 근육이 느슨한 뿌리들
손쉽게 뽑아내면 흐물거리는 내장까지 끌려나올 듯
삼백 예순 날을 끓여도 향긋한 냄새 한 모금 우려낼 수 없다
이 가을, 아무도 자신을 통째로 캐내거나 뜯어가지 못하도록
말라빠진 몸의 껍질을 벗겨 점차 탁본이 되어가는 김말굽 씨
더 이상 정신없이 바쁘게 뛰어다니기를 거부한 채
말굽으로 변한 손과 발을 시멘트바닥 깊숙이 박아 넣었다.

단풍

김광선

행복이란 깨닫기도 전 시야에서 멀어지는, 늦은 밤 질주하는 차들의 섬광 같은 것이었다

비가 내린다 반평생 어깨에 걸린 통증 같은 것이 척척 감긴다

휘도는 길도 밀려나지 않고 잘도 굽어드는, 우리들이 안심하는 저녁, 모든 것을 건다는 것은 식은 감자처럼 굳어가며 아흔아홉을 내주는 일이었다

웃음처럼 쏟아지고 있다 배꼽을 쥐고 구르고 있다

뒤뚱거리며 하이힐 중심을 잡느라 중년 여인 큰 둔부는 더 휘청거린다

스스로 톱니를 자청하고 잇댄 시간들 달리는 차 꽁무니에 한 움큼씩 묻어가다 널브러진다

사슬이었다, 언제고 고리를 끊어야 할 서로에게 희망을 품는 거룩한 저녁 빛줄기는 고요히 드러낸 빗장마다

그 뼈대를 쓰다듬고 있다.

머리를 빡빡 민

임희구

머리를 빡빡 민 옷은 스님인데 표정이나 행동은 깍두기 같은 한 무리의 졸개들이 행사장 무대에서 출구 쪽으로 쭉 늘어선다

풍채 좋은, 오늘의 왕초인 듯한 통통한 스님이 무대 앞쪽에서 출구쪽으로 걸어나오신다

머리를 빡빡 민 옷은 스님인데 표정이나 행동은 깍두기 같은 한 무리의 졸개들의 호위를 받으며 스타 연예인처럼 짱짱한 주먹처럼

폼 나고 절도 있게 신속하고 무게 있게 걸어나오신다 이 땅엔 예수나 석가가 내다버린 부와 권세를 틀어쥔 근엄한 왕초들이 있다

그들을 안전하게 모셔야 하는

머리를 빡빡 민 옷은 스님인데 표정이나 행동은 깍두기 같은

한 무리의 졸개들이 있다 그 아래 슬금슬금 길을 비켜줘야 하는

뭇 중생들, 부처는 납작 엎드려 긴다

새벽, LA 자바 시장에서

장종의

철 따라 나오는 햇과일처럼
옷들이 거리에 푸짐하게 차려지면
버스나 자동차로 밤새 달려온 발길들이
훌쭉한 위장을 들고 자바 시장을 찾는다
주름진 생활을 다림질하는 사람들
한국의 동대문, 평화 시장은 몰라도
원단이 옷이 되기까지 수많은 땀을 알고 미싱을 안다
두꺼운 책 낱장처럼 누가 열어주길 원하는 옷들
색색으로 빛나고 있다
어둠뿐인 빛을 본 적 없다
빛도 없이 누군가를 본 적 없다
맨 먼저 하루를 여는 고단함이
태평양을 건너 가벼운 주머니를 채우고 한 끼 밥이 된다
온몸으로 삶을 외쳤던 청년처럼
가냘픈 목에 걸린 미싱이 돌아가고
치열하게 살아가는 사람들 사이를 누비며
새벽이 달린다, 만국기처럼 옷들이 휘날린다

벌거벗은 새벽에게 옷 한 벌 입혀주고 싶은 나는
창고에 쌓아두었던 세상을 활짝 펼친다.

귀가

오진엽

집을 나가서
정해진 순서대로
1루 2루 3루 거쳐
집으로 돌아와야만 된다

2루쯤에서
올망졸망 아이들 떠올리며
입을 앙다물지만
3루는커녕
구조조정 견제구에
비명횡사 할까봐
바짝 엎드리면서 내민 손
배냇아이처럼 2루 베이스
꽉 움켜쥐고

대학졸업 십년 만에 막내동생
겨우 1루에 다다랐지만

언제 대주자로 바뀔지 몰라
전전긍긍
옆집 혜원이 아빠
타석에 들어서기만을 기다리는
쭈빗 쭈빗 대타인생

아이들과 아내의 응원이
서럽지 않도록
우리 모두의 아버지는
1루 2루 3루 돌아
집으로 돌아와야 하는데

죽음과 의무

이맹물

가장자리로 밀려난 당신, 죽음의 아량을 배운다
그래, 죽음이 없는 곳에 부패가 자란다

너무 오래 웅크리지는 말자
불행이 주인 행세를 하면 유서는 신체포기 각서가 된다
보라, 당신 글씨 얕게 흔들린다
짧은 후회가 낙하한다
처참한 죽음
당신의 유서는 타살의 단서가 될 뿐이다
보호구도 없이 등 떠밀린 것이다
불쌍하다 당신의 원대로
그러나 얼마나 많은 연민들이 쉽게 죽어갔는가
불쌍하다 당신은 죽었다

여기 죽음을 선택한 사람도 있다
죽어서 산 사람이 있다
전태일

그가 아직 살아 있는 것은 불타지 않는 철갑옷 때문이었다
맨몸으로는 그 책을 한 줄도 읽을 수 없다
원망만으로는 거친 삶을 헤쳐 나갈 수 없다
비록 도살장으로 끌려가더라도 발버둥치는 것이 살아 있음의 의무요
아름다움이다
그 앞에서 자연사조차 부끄러워라

동대문역 3번 출구 찾기

유현아

엄마는 가끔 창신동 봉제골목을 간다
여러 갈래 똑같은 골목이 미로처럼 펼쳐져 있어
단 한 번도 눈앞에 있는 그 골목을
첫판에 찾은 적 없단다

돼지머리 진열된 식당 사이 그 골목을 기억하는데
두 번째 집이었는지 세 번째 집이었는지 네 번째 집이었는지
온통 돼지머리가 떠억, 여기가 거긴가
늘 머뭇거리고 헷갈린단다

변하지 않는 건
악다구니 쓰며 남편 머리 잡아채는 서울미싱 미싱사
서울말이 사투리처럼 들리는 평안원조족발 연변 할머니
실밥 잘 뜯는 시다 네팔 청년의 뭉툭한 손가락
미끄러지지 않으려는 듯 단단히 붙잡고 있는
전단지 같은 저 집들
엄마가 오르려는 창신동 높은 골목길뿐

하늘에 널브러진 전깃줄에 피곤한 일상이 애처롭게 매달린
그 동네는 출구 없는 입구처럼 들어가기만 한다
봉제공장을 했고 망해먹은 창신동 봉제골목
그래도 가끔씩 가야 마음이 편하다는 엄마

기억이란 잊어버려도 되는 기억마저 기억하는 것일까
엄마는 늘 동대문역 3번 출구를 찾기 위해
1번부터 10번 출구까지 올라가 본단다
3번 출구가 없다는 것을 뻔히 알면서
창신동 봉제골목 가기위해 동대문역 3번 출구를 꼭
찾아야 한단다

동대문역 3번 출입구는 출구가 없다

이 위원장

이수호

가을 깊어
먼 대청봉 능선에 첫눈 흩날리고
통연* 담벼락
담쟁이 가랑잎 핏빛이다
죽음의 겨울 살기 위해
목숨 던지는 담쟁이 잎의
화려한 유언이다
눈 돌려 저 은행나무를 봐
아 빛나는 잎
가을비 한 번 지나면
모두 떨어질 수천수만의 고운 노랑
봐, 이 위원장
저 나뭇잎들도 저렇게 멋지게 죽어가지 않아
난 두려워
더 늙는 게 힘들어
인간도 저 정도로는 가야되는데 말이야
그렇질 못해

백 선생님은 말씀을 이으신다
맑은 날 저녁노을을 봐
하루해가 어둠속으로 들어가면서
저렇게 멋진 하늘을 만들잖아
이 위원장
우리도 저렇게 죽자고

*백기완 선생님이 계시는 '통일문제연구소'의 준말.

{동화}

제목 : 전태일

지은이 박영근

동화

전태일

박영근

1

그때에 나는 거리를 떠도는 구두닦이였어. 왕초 밑에서 반듯한 자기 구역을 갖고 다방 앞이나 빌딩 한쪽에 처억하니 앉아 단골 신사들의 구두 광빨을 내는 천사들하고는 형편이 달랐지. 몇 번인가 나도 구역 패거리들에게 걸려 엉망으로 얼굴이 깨진 채 양아치막에 끌려갔었지만, 며칠이 지나지 않아 난 늘 도망쳐 나왔지. 나는 길거리 천사들의 가려진 뒷모습을 벌써 어릴 적에 보아 버렸거든. 어린 ?새들의 하루 수입을 몽땅 뒤져 빼앗고 나서도 걸핏하면 매를 놓는 왕초며 검찰관치들의 그 구김살 한 줄 없는 양복과 머릿기름 냄새에 몸서리가 났었어. 그리고 훈계조로 툭 툭 내던지는 영화 속의 뒷골목 배우 같은 말투라니. 또래의 ?새들 모습도 보기 좋은 건 아니었다. 늦은 밤 거리를 몰려

다니다 캄캄한 골목에 학생 아이들을 세워 놓고 갖은 행패를 부렸으니까. 글쎄, 뒷골목 세금이야 그렇다 치고, 저는 입지도 못할 교복을 벗겨 가는 녀석도 있었으니.

하여간 난 혼자였고, 구두통 하나가 전 재산이었다. 그걸 지키려고 그애들 구역을 피해 춥고 배고픈 데만 골라 다녔지. 허름한 버스정류장 같은 곳에서 하루 벌이를 머릿속으로 퉁겨 보며 쪼그려 앉아 있을 때 어쩌다 누군가 다가와 구두통을 톡톡 건드리며 거리의 내 이름인 ?새를 불러 주면 그 구둣발 하나가 얼마나 반가웠는지 모른다. 번쩍거리는 구두코에 내 얼굴 표정이 비칠 수 있었다면 아마 그럴듯했을 거야. 다방의 인정 많은 누나들이 곧잘 도와주곤 했는데 내 처지로는 『선데이 서울』 따위 한철 묵은 주간잡지 한 권 선물할 수 없었지. 하지만 햇볕 좋은 양지녘은 아주 이따금씩 맛볼 수 있을 뿐이었어. 한번 상상해 봐라. 요기랍시고 좌판의 풀빵 몇 개를 허기 속에 욱여넣고 저녁나절 막 불이 켜지는 극장 앞에 서서 주린 눈빛으로 간판에 갖은 색깔로 그려진 배우들을 훔치듯 바라보는 구두닦이의 행색을 말이야. 장검을 휘두르며 허공을 나는 무사의 모습이며, 근사한 중절모를 쓴 채 환하게 웃고 있는 잘생긴 사내 배우의 표정…… 여자들은 대개 슬픈 얼굴을 하고 있었지만, 이내 근사한 사내가 와서 마술 같은 주문을 외우면 활짝 피어날 것이었다. 그런데 봐라, 까치가 집을 지을 것 같은 덩덕새 머리에다, 무르팍이 떨어져 나간 바지 꼴에, 처진 어깨에 매달려 있는 구두통. 하필이면 불빛 번쩍거리는 극장 앞에서 말이야.

내가 그 가을의 어느 날 평화시장의 한 맞춤집에서 그 광고 쪽지를 본 것은 사실 특별한 일이 아니었다.

"시다 구함."

그 거리라면 구두통을 메고 청계천을 오갈 때, 늘 지나치던 발에 익은 곳이었고, '시다 구함' 따위의 종이쪽지는 전봇대 같은 데서 자주 보아 온 터이거든. 그러니까 그날도 물론 구두통을 덜렁대며 얼마든지 그 거리에 진출할 수 있는 일이고, 운이 좋아 손님이 불러 주면 광고 쪽지를 제 얼굴에 붙이고 있는 전봇대 밑에서 신이 나서 구두약을 바를 수 있는 일이란 거지. 그런데 내 발걸음이 어찌 된 일인지 그것 앞에서 딱 멈추어 서 버렸단 말이야.

"시다 구함. 삼일사."

문득 나는 구두통을 내려놓고 유리창 너머 옷들이 단정하게 진열되어 있는 맞춤집 안을 들여다보았지. 가을 잠바 철이었어. 내 추레한 꼬락서니가 유리창에 비칠 것 같아 얼른 도망치고 싶더군. 그런데 그때 말이지, 내 마음속에서 꿈틀거리고 있는 어떤 생각들이 나를 꽉 붙잡는 거야. 여기서 도망치지 말라고, 거리의 양아치 생활을 똑바로 한번 보라고. 어디선가 갑자기 돌멩이가 날아와 이마를 치는 것 같았는데, 그것은 짧은 한순간에 우연히 일어난 일이었을까. 아닐 것이었다. 그런 거라면 가슴속이 불덩이를 얹은 것처럼 뜨겁고 고통스러울 까닭이 없지 않은가. 나를 붙잡고 놓지 않는 그 목소리는 그래, 내가 하루하루 거리의 생활에 지칠 대로 지쳐서 차라리 듣지 못한, 내 마음이 잊지 않고 오랫동안 키워 온 어떤 소망의 말은 아니었을까. 뒷골목의 악다구니와 발길질에 차이고 밟혀 뒹굴다 이제는 사위어 가는 불티처럼 어쩌다 희미하게 떠오르는 그 꿈의 조각들.

'그래, 옷집에 들어가서 미싱 기술자가 되어 보란 말이지. 기술자가 돼서 돈을 벌고, 다시 공부길을 터 보란 말이지.'

거리를 터벅터벅 걸었지. 갖은 상점들이며 어지러운 인파 속의 사람들이며, 늘 보던 거리의 풍경들이 다르게 보이더군. 말하자면 어깨에 멘 구두통이 별로 의식이 되질 않는 거야. 저 거리의 어느 한쪽에 내 몸이 자유롭게 낄 수 있는 자리가 있을 것 같았어. 언제나 나를 거부하고 밀어내던 거리가 말이지. 그리고 어릴 적에 다니다 만 몇 곳의 국민학교며 고등공민학교가 저물녘의 잔광을 받고 서 있는 듯 떠오르는 것이었는데, 무슨 단단한 나무에라도 기대고 싶은 기분이 드는 거야. 나는 남산 밑의 판잣집까지 그렇게 걸었어.

다음날 나는 아침 일찍 삼일사를 찾았다. 주인은 몇 마디 묻지 않았어.

"이름이 뭐냐?"

"전태일입니다."

"나이는 몇이지?"

"열일곱인데요."

"열일곱이라…… 시다부터 시작해 보는 거야."

드디어 나는 구두통을 내려놓은 것이야. 나는 판잣집의 한구석에서 아직 아침잠을 자고 있을 구두통을 흔들어 깨워 작별인

사를 했지.

2

그곳을 말 그대로 공장이나 작업장이라고 부를 수 있을까. 맨 먼저 내가 질려 버린 것은 그 낮은 천장 때문이었지. 작은 키로는 서서 간신히 지나갈 정도였고, 대개는 고개를 수그리고 걸어야 했어. 1미터 50쯤 될까. 원래 높이는 3미터 정도 되는 걸 반으로 잘라 공중에 칸막이를 했다더군. 허공에 뚝딱 작업장을 또 하나 지은 거지. 넓이는 어림잡아 8평쯤 되어 보였는데, 열서너 대의 미싱틀과 거기에 이어 붙이듯 촘촘히 들어선 각종 작업대들이 주인 노릇을 하고 있었어. 일하는 사람들은 거기에 딸린 허드레 부속품들처럼 비좁은 작업대 사이에 낑겨 있는 꼴이었지. 무려 서른 명이나 되는 인원이 그렇게 공간을 쪼개어 짜내듯이 몸을 좁히고 움직일 틈을 만들더란 말이야.

'영락없는 다락방이군. 아니 닭장이라고 하는 게 낫겠다.'

거기서 내 이름은 시다였다. 오야지인 고참 미싱사 아래, 눈치꾼인 보조 미싱사 그 아래, 맨 밑바닥 자리, 제일 부르기 만만한 이름, 시다. 재단사가 만들 옷의 모양과 크기대로 원단을 잘라 놓으면 얼른 가서 날라 와야 하는 것도 시다요, 그것을 한 치도 엇나가지 않게 제대로 접어서 다림질한 뒤에 미싱이 뽑는 속도에 뒤질세라 대어 주는 것도 시다요, 미싱대에서 재봉이 끝

나면 득달같이 제품을 가져와 가위로 단춧구멍을 따고 실밥을 뜯는 것 또한 시다인 것인데, 그런데 그중에서도 다리미질이 초짜 시다에게는 제일 고달픈 상일이었어. 다리미에서 열은 훅훅 뿜어 나오지, 쇠를 얼마나 처먹었는지 무겁기는 하지 …… 하, 문젠 그다음이야. 열에 달구어진 무쇠 같은 다리미 아래 옷감이 눋지 않도록 신경 쓰는 거. 다리미하고 옷감밖엔 아무것도 안 보이고, 눈알이 벌게지다가 나중엔 진물이 흘러. 손목은 어디 괜찮은가. 시큰거리다가는 신경이 딴 데로 떨어져 나간 것처럼 무감각해지지.

하루 종일 그 일의 반복이야, 아침 8시부터 밤 10시까지. 미칠 노릇이지만 지친 몸뚱이를 쉬게 할 데는 없지. 하루에 옷을 몇 벌이나 뽑았는가, 그 숫자만이 남더군. 아, 그렇지 남은 게 또 하나 있다. 머리에서 발끝까지 옷감에서 날아온 먼지와 실밥 허옇게 뒤집어쓴 내 모습. 그리고 어서 빨리 잠을 한숨 잤으면 하는 생각. 정말이지 미싱은 잘도 돌고, 몸은 갈수록 지쳐 망가져 가는 거지.

그래도 나는 명색이 사내였고, 나이 열일곱살이었다. 구두통을 메거나 껌을 팔거나 짐꾼의 뒤밀이를 하거나, 하여튼 길바닥의 난장을 떠돌았던 세월이 있었지. 꿀림을 당하는 일이라면 이력이 있었다는 말이야. 하지만 열두살이나 열세살짜리, 열네살이나 열다섯짜리 소녀 시다 애들에겐 작업장이 지옥이 아니었을까.

"야 이년아, 옷이 눌었잖아. 한 달 죽어라 벌어야 3천 원짜리

주제에 옷값 물어낼 재주 있어?"

"변소 갔다 온다더니, 거기 들어가서도 실밥 뜯었냐. 아주 한세월 하셨어."

"저거 봐라. 저걸 시다라고 데리고 있는 내가 재수 없는 년이지. 단춧구멍을 지 눈구멍모양 따 놓았으니 어디 단추가 들어가? 아주 평생 시다밥이나 먹어라, 이것아."

쪽가위가 날아가고 거친 손이 뺨에 올라가는 건 놀라운 일이 아니었어. 시다에겐 일상사였으니까. 옷의 재봉선을 따라 한없이 미싱 바늘만 좇는 오야 미싱사의 눈에는 한 올의 연민도 동정도 없었지. 하루 동안 뽑아야 할 옷의 분량과 재봉틀을 밟는 미싱사의 몸이 오직 한덩어리가 되어 기차게 돌아가야 한다는 생각뿐. 엇박자로 튕겨 나오는 시다의 행동 하나하나는 자신의 일을 망치는 쌩이질로 비쳤을 거야. 작업량과 거기에 따라붙는 돈 말고 도대체 누구에게 잘못이 있었을까.

평화시장 시다에겐 그렇게 점심시간이 온다. 먼지가 뽀얗게 내려앉은 도시락밥을 먹고 시다판에 엎드려 깜박잠에 들기도 하고, 밥을 싸 오지 못한 축들은 1원짜리 풀빵을 몇 개 사 먹고 옥상에 올라가는 거야. 하루 단 한 번 마음껏 햇빛을 보는 시간이지. 온종일 코앞에서 눈을 찌르는 백열등 불빛에서 벗어나서 말이지, 매연 속일망정 햇빛과 바람을 맛보는 거야.

"야, 재 봐라. 공 차는 폼이 멋들어진데 그래."

"오빠 삼고 싶어 또 안달이냐? 울순아, 정신 차려라. 정 주면 뒤에서 우는 건 공순이란다."

"공순이도 좋고 울순이도 좋다마는 언제나 미싱 한번 타 보나? 돈 벌면 검정고시를 쳐 볼 텐데, 이놈의 시다 신세, 눈칫밥만 느누나."

옥상에선 덕수상업고등학교가 훤히 보였어. 그애들은 운동장에서 웃통을 벗어부치고 공을 차거나, 패를 지어 활갯짓을 벌이곤 했었지. 매일 보는 풍경인데도 볼 때마다 내 눈빛은 뜨거워지곤 했어. 어쩐지 돌멩이를 날리고 싶기도 했고, 그애들 속으로 와락 달려가 한패가 되고 싶기도 했지. 하지만 나는 이내 돌아서 작업장에 와야 했고, 쉬고 있던 다리미를 잡아야 했다. 점심시간은 30분이었으니까.

무엇이 나를 거기서 견디게 했냐구?

3

남산동 50번지. 서울 남산 중턱의 무허가 판잣집 사글셋방 한 칸. 우리 식구가 살고 있던, 그래, 집이었지. 남에게 빌린 단칸방이었지만 나는 늘 '우리 집'이라고 불렀지. 비가 오면 지붕에서 빗물이 새고 물을 얻으려면 물지게를 지고 된숨을 헐떡이며 한참을 걸어야 했던, 그 집의 살림살이를 나는 가난하다고 생각하지 않았어.

그 방을 얻기까지 식구들은 저마다 흩어져 거리의 양아치 살림을 살아야 했지. 그리고 이 년여 만에 가까스로 다시 만나 살게 된 곳이 그 판잣집이었던 거야. 늦은 밤 일을 마치고 돌아올 때 바라보면 식구 중에 누군가 먼저 와서 켜 놓은 한 점 불빛이 동네에서 제일 커 보였다니까.

식구들이 헤어진 건 아버지 때문이었어. 아버지는 옷을 만들어 파는 봉제 계통에서는 알아주는 일류 기술자였던 모양인데, 작든 크든 기회만 오면 사업을 벌이곤 했지. "이제 두고 봐라. 이 전상수, 기어이 한 번은 일어날 테니까." 일이 그럴듯하게 터를 잡아 갈 때는 술 같은 것은 쳐다보지도 않았어. 꼼꼼하기가 미싱 바늘 끝 같았고, 차분하기로 말하면 볕살에 잘 마른 종이 문살 한가지였지. 그런데 말야, 늘 어떤 고비에서 판판이 사업이 어그러지는 거야. 브로커에 속았다고도 하고, 깜박 유행에 늦었다고도 하고…… 하여간 술잔이 뒤집어지기 시작하는 거지. 말릴 장사가 없었어. 이불보따리까지 술장수에게 팔아먹을 기세야. 어찌어찌 셈평이 펴 가던 살림살이가 말 그대로 염천교 다리 밑 거지 움막으로 나가떨어지곤 했지. 그이가 가끔 말한 것처럼 없는 놈이 달리는 세월을 잡으려 한 게 죄였을까.

어머니가 서울로 집을 떠난 건 일천구백육십사년도 설날을 똑 하루 앞둔 겨울날이었어. 돈을 벌어 오겠다는 것이었고, 기다리는 것이 그이의 다짐이었고 당부였다. 퀭한 눈동자에서 불똥이 떨어지는 것 같았어. 그로부터 한 달도 채 못 되어 나 또한 서울행 완행열차를 타게 되는데, 엿장수를 불러 정짓간(부엌)의 냄비까지를 팔아 술을 마시러 나가는 아버지라는 사람을 견딜 수가 없었던 거야. 그이는 그때 남은 식구들과 같이 죽음

속으로 가고 싶었던 건 아니었을까. 폐인, 그렇다, 그이는 사는 일을 포기해 버린 폐인이었다.

서울은 며칠이 가도록 칼바람과 눈뿐이었지. 그때에 나는 어린것이 아버지에게 어찌 될까 봐 막내 동생 순덕이를 등에 업고 대구의 그 집을 나섰던 것인데 너른 서울 천지에 잘 곳이 한 군데나 있어야 말이지. 기차의 차비를 내고 나니까 하루 만에 돈이 떨어져 버리더군. 서울역이 가까운 남대문 시장판의 밥집이며 허드레 좌판을 찾아 기웃거려 보았으나 어머니가 서울이란 곳에서 번지수를 갖고 있을 리 없었지. 겨울의 한복판에서 무엇보다 배가 고팠고, 잠 한 숨을 마음 놓고 눕힐 수 있는 바람막이 한 칸이 없었어. 나는 지금도 순덕이의 시퍼렇게 언 손을 기억한다. 아니 그 손이 가리키던 그 먹을 것들을.

"오빠, 저기 곰보빵 있다."

"저기 저 단팥죽……"

"오빠, 쌀밥 한번 먹자."

어쨌든 살아야 했지. 구걸을 하고, 껌을 팔고, 신문을 팔다 거지꼴로 쫓겨나고, 밤중에 시장엘 몰래 들어가 채 식지 않은 연탄 화덕을 껴안고 잠을 청하고…… 잠든 어린것을 보면 나는 환장할 것 같았고, 이내 결심을 했어. 그애는 병색이 완연했거든. 나는 입고 있던 학생복 윗도리를 팔았다. 단돈 30원. 그렇게 그애와 나는 백반 한 상을 먹었고, 순덕이는 영문도 모르고 시청 앰뷸런스에 실려 갔다. 아동보호소로 가는 차였지. 오래지 않아 순덕이를 찾았을 때, 그애는 어머니를 보고도 아무 감정이 없는 듯했어. 남 보듯 표정이 없는 거야. 그애는 아침이면 서둘러 일어나 세수를 하고 거울 앞에서 단정히 머리를 빗는 것이었는데, 도무지 모를 일이어서 나는 물었지.

"순덕아, 천천히 해도 돼. 아침밥도 먹기 전인데…… 누가 널 쫓아오는 거야?"

그애의 대답은 어디 먼 곳에서 들려오는 것 같았어. 보육원의 차디찬 마루방에 앉아 있는 것처럼. 그애는 그때 무엇을 보고 있었을까.

"늦으면…… 선생님이 때려요."

나는 순덕이를 길바닥에 버렸던 거야.

어머니와 다시 만난 것은 어느 식당의 주방에서였지. 김이 뿌옇게 피어오르는 주방에서 행주치마를 두르고 있는 어머니의 모습도, 구두통을 멘 아들의 모습도 그때엔 서로 낯설지 않았어. 반가움과 슬픔의 마음이 이내 달라진 모습을 벗겨 버리고 두 사람을 어머니와 아들의 모습으로 돌려놓았으니까. 그리고 달라진 모습이야말로 서로 떨어져 살아온 시간의 모습을 환히 비추어내지 않던가.

"태일이 늬가 어찌 여기까지 왔어?"

"어머니 보러 안 왔나?"

어머니의 옛 친구인 상률이 어머니가 다리가 되어 준 거지. 만남은 다른 세상을 만난 것처럼 기쁜 일이었지만, 식구들이 방을 얻고 다시 모여 사는 데는 더 많은 시간이 지나야 했어. 쇠

약해진 어머니는 식당을 나와 몇 번이나 계속된 하혈下血 끝에 상률이 어머니 댁의 신세를 져야 했고, 간신히 몸을 일으켜 시장바닥에 나가 우거지를 주워 팔아야 했지. 서울로 올라와 양아치가 되어 있던 동생 태삼이는 서울역에서 무슨 기적처럼 우연히 마주쳤어. 그애는 상률이 어머니 소개로 무허가 하숙집 물지게꾼 노릇에다 잔심부름바치로 밥을 먹을 수 있었다. 며칠 만에 어머니를 찾으면 그이는 가끔 웃는 이야기를 하는 것이었는데, 그 바닥의 거지 아이들 때문이었어. 그이는 그 무렵 잠자리 거처로 밤이면 시장 한구석에 가마니를 깔고 지냈어. 거지 아이들의 구역이었지. 그애들이 그이를 계보에도 없는 어머니로 모신 거야. 어머니가 웃은 것은 밤마다 그애들이 선사하는 인정 많은 동냥밥을 말하고자 한 거지. 그러니까, 나더러, 에미 걱정은 말라는.

김장철이 막 시작되어 새벽이면 먼 곳에서 배춧단을 실은 GMC 트럭들이 시장바닥에 밀려들 무렵이었을 거다. 우리는 간신히 남산 밑 판잣집의 사글셋방 하나를 얻을 수 있었어. 이 년 어름의 시간을 우리 식구들은 길바닥에서 보낸 거지. 늦은 밤 돈벌이에서 돌아와 식구들이 한 밥상에 둘러앉아 우거지김치에 막된장국을 먹을 때도 근사했지만 말이야, 그보다 나는 이불 포대기 하나에 식구들이 나란히 누워 찬 발바닥을 서로의 발에 부비며 갖은 이야기에 웃음보를 터뜨릴 때가 더 그럴듯했어.

"시장통의 거지 아이들 중에 하두 시끄러운 소리를 잘해서 깽깽이라는 별명이 붙은 놈 하나가 있단다. 그런데 글쎄 이 녀

석이 영화라면 사족을 못 쓰는 데다가 최무룡이가 나오는 영화가 극장에 붙으면 안 보곤 못 배겨요. 헌데 제놈이 돈이 있나, 극장표가 있나, 걔들 말로 늘 빠방을 틀어 몰래 들어가는 거지. 그러던 어느 날, 그날도 최무룡, 최무룡 해 싸며 이름을 입에 달고 다니더니 …… "

어머니 이야기를 들으면 왠지 눈물이 나곤 했어. 이불자락을 타고 온기가 전해져 오면 철도 아닌데 밖에는 함박눈이라도 내려 쌓이는 것 같았고, 그 단칸방이 이 세상에서 아주 멀리 떨어진 곳의 외딴집인 듯한, 그런 생각이 드는 거야. 정말이지 오랜만에 느껴 보는 평화 같은 것은 아니었을까.

오랜 시일이 지나지 않아 그 방에 아버지와 동생 순옥이도 합류하게 된다. 아버지 또한 벌써 서울에 올라와 시장의 어느 점포에서 재단 일을 하고 있었다는 거야.

4

1966년 나는 시다판을 떠나 미싱을 타게 되었지. 두 해가 지난 가을의 일이었는데, 어엿한 미싱사가 된 거야. 월급은 거의 두 배가 되었고, 내 밑에선 보조와 시다가 팽팽 돌아가고 있었지.

그런데 미싱사의 일이라는 게 정말 험하기 짝이 없더군. 하루 종일 허리를 꾸부리고 앉아 일하는 건 그렇다 치고, 손가락이

뻣뻣해질 만큼 옷감을 누른 채로 말이야, 1밀리미터라도 엇박일세라 눈에 칼을 세우고 몇 시간 동안인지도 모르게 재봉 바늘 끝만 본다는 게, 그게 어디 보통 일인가. 겨울 오버처럼 두꺼운 걸 박을 땐 어깻죽지에 힘이 너무 들어가 입매까지 굳어 버린다니까. 거기다 또 발로는 쉴 새 없이 재봉틀을 밟아야 되잖아. 어깨며 허리는 결리지, 눈은 자꾸 침침해지는 데다가 뜨거운 모래알이 구르는 것같이 쓰라려 오지, 장딴지와 발등은 부어오르고 …… 그래도 돈이 웬수라 매수를 늘리려고 다들 환장하는 꼴들이야. 미싱사가 어떻게 일하는지는 손가락 끝을 보면 다 알게 돼. 살갗이 닳고 터져서 지문이 없는 거야, 지문이. 평화시장 여공은 시집가도 3년밖에 못 써먹는단 말이, 거기서 일해 보니까 결코 헛소리가 아니더라니까, 글쎄.

추석이 가까워지면 평화시장은 전국에서 상경한 장사꾼들로 몇 날 며칠 동안이 지나도록 늘 만원사례였지. 서울 물건, 그중에서도 평화시장 물건을 사려고 에누리 없는 현찰을 들고 대목장을 한판 벌이는 거야. 영월이며 철원 같은 산골 장사치 손님까지 북적거렸어. 숙련 기술자들이 몰려 있다는 거고, 유행이 빠르다는 거지.

만들기만 하면 팔린다는 그 흥청망청 돈판에서 죽어나는 건 우리 같은 직공들이었어. 밤 11시까지는 예사 작업이었고, 밤을 새우는 철야도 흔한 일이었지. 몸이 아픈 것도, 집안에 우환이 생긴 것도 통하지 않았어. 그따위 것들은 하기 좋은 말로 개인 사정이었을 따름, 문제는 팔아야 될 물건이요 물량이었고, 점포의 주인이나 재단사 말처럼 매수만 맞추어 주면 땡이었으니까.

추석 대목절의 끝물 어름이었을 거다. 월급날이라 그랬을까, 작업장의 공기는 아침부터 잘 맞지 않는 엇박자를 치는 것처럼 어수선했어. 환하게 밝은 마당가에 서 있는 것 같기도 하고, 또 어찌 생각하면 먼지가 잔뜩 낀 유리창을 바라보는 것 같은, 그런 기분들이었을걸. 어쨌든 시장 사람들이 추석 전쟁이라 부르는 그 고비를 성한 몸으로 넘겼으며, 미친 듯이 일했으니까, 대가리 대장이든 쪼가리 쫄병이든 기대할 만하잖아?

재단사 고일만이 돈봉투를 들고 작업장에 나타난 건 일판을 세우고 청소를 할 참이었지. 그는 벌써 사장이란 사람과 한잔 걸쳤는지 기분이 근사한 얼굴이었고, 말투도 싹이 날 것처럼 날긋날긋했다.

"어, 다들 고생했시다. 사장님 말씀도 계시고 해서 늦었어요. 오야들 좀 봅시다. 어, 이제야 대목철도 시마이를 때리는구먼. 정월 설 때나 또 한번 조여 봐야지."

월급봉투를 돌리는 방식이 층층이 계단을 내려오는 것 같았어. 사장이 작업장 전체의 노동자들 임금을 재단사에게 건네주면, 재단사는 다시 오야 미싱사에게, 오야는 그것을 자신의 조원인 보조와 시다에게 전해 주는 식인 거지. 묘한 건 말야, 그럴 때 보조나 시다의 기분이란 게 월급을 오야나 재단사에게 타는 것 같다는 사실이야. 개펄의 구멍게처럼 사장 얼굴은 전혀 볼 수가 없고, 오야의 큼지막한 손과 찌꾸머릿기름이 좌르르 흐르는 듯한 재단사 입픈수만 보인단 말이지. 거기에 다른 이유는 없었을까.

그 소리를 들은 건 내가 조원들의 봉투를 손에 쥐고 재단판을 막 돌아설 때였어요. 남도의 사투리가 퍼석퍼석 으깨어져 땅바닥에 나가떨어지는 흙덩이 같았달까. 얼른 재단판 쪽으로 돌아섰는데, 5번 미싱사였다.

"어째 계산이 이상혀요이. 사장님 맘이 그란지, 재단사가 얼매라고 작정허고 사장님헌티 올려서 그란지 잘 모르겄소만, 하여튼지 어쨌기에 옷 한 매당 십오 원뿐이 안 되아 부는지 …… 참, 나, 애통 터져 죽겄네이."

들들이 오야였어. 들들들 미싱을 밟으면 옷 짓는 솜씨가 최고라 하여 들들이요, 그 솜씨며 속도를 따라잡지 못해 늘 허펍거리는 보조와 시다를 들들들 볶아 처먹으니 들들이인, 그 여자의 목청이 난데없이 월급날의 작업장을 뒤집어 놓고 있었던 거야. 도대체 어떻게 생겨 먹은 셈판인가.

"돈이야 사장님하고 나하고 한 테이블에서 결정하는 것을 지금 몰라서 물어? 하루 이틀 겪는 일도 아닐 테고, 허, 참 막둥이 시다 놈도 훤하게 아는 걸 가지고, 어이 오분순 씨, 왜 그래?"

백번 지당한 말씀이었다. 그건 평화시장의 율법이었으니까. 재단사가 어디 원단 자락에 재단 칼만 휘두르는 객공客工살이인가, 사람을 뽑고 내보내는 인사의 권한도 재단사가 쓰기 나름이었으니 가히 공장장이라 할 만했지.

"재단사도 알다시피 이번 추석에사 매수를 말헐 것 같으면

하매 수천 매 올랐을 거이요. 그렇달 것 같으믄 돈봉투에 그린 글씨가 영판 달라져 부러야제, 안 그렇소? 아무리 한 매당 얼매라는 일값을 미리 정해서 아퀴를 지어 놓고 허는 거이 아니란단들 일판의 형편을 이러크럼 속여 불먼 바보가 되라는 말 한가지 아니요? 평화시장 도급제야 하도나 유명시러서 거시기 이름이 떠르르합디다마는."

"힘 좋고 목청 좋은 오분순 씨야 앞으로는 임금을 말뚝 박듯이 정해 놓고 일하면 되겠구만. 아마 그 솜씨라면 이 바닥에서 잘나갈 거야. 그렇고말고, 내 참 더러워서."

들들이 5번 미싱사의 눈자위가 붉게 젖어 가기 시작했는데, 문제의 사단은 그러니까 임금 책정하는 방식에 있었던 것이지. 매달 정해진 액수를 받아 가는 월급제가 아니라 일을 한 정도와 능력에 따라서 돈의 지불을 달리하는 도급제 판에서, 그 임금이란 것을 일이 다 끝난 연후에 사장과 재단사가 일방적으로 정해 버리는 방식이라니. 한마디로 노동자가 아무리 기를 쓰고 미싱을 밟아 제품의 매수를 올려 본들 한 매당 매겨지는 일값을 내려단이로 낮게 정해 버리면 도로아미타불로 볼장 다 본 격이 되는 게 아닌가.

미싱사는 눈물을 훔치더니 재단판에 널려 있는 돈봉투들을 바라보는 것이었어. 눈빛이 심하게 흔들리는 것이 나에게도 아프게 비쳐 오더군. 그 돈봉투에는 그녀가 어린 소녀 시다 시절부터 지금의 고참 미싱사가 되기까지 겪어 낸 시간들이 박혀 있었을 테지. 커피 한 잔 값을 벌기 위해 하루를 꼬박 견디며 쌍

소리를 쫓아 야윈 다리를 동동거리던 시간 말이야. 그런 몇 년을 또 견뎌 마침내 미싱틀에 제 몸을 올리고 희망이며 앞날 따위의 기대를 미싱바늘로 누벼 가던 시간 말이야. 들들이란 별명과 5번 미싱사란 또 다른 이름에도 그런 시간들이 엉킨 채 병든 허리며 다리처럼 굳어 가고 있었을 테지. 그녀는 천천히 얼굴을 들고 재단사를 바라보았어.

"내라 어찌 달마다 철마다 겪어 낸 일을 몰르겄소? 열다섯 햇내기 때부터 미싱살이 박혔는디 모른다믄 미친년이제. 미싱 일에 추석 명질날도 설 단대목도 다 반납해 불고 지내고 난께 같잖은 말들이 지 맘대로 쏟아져 분 모양이요. 재단사요, 내라 왜 몰르겄소? 이 시장바닥 인심이 하루 갑자기 어디로 가겄소? 재단사 잘난 것도 잘 알고 몸뗑이 하나 믿고 산 나란 년 못난 것도 자알 알제라이."

재단사 고일만의 입가에 한 가닥 웃음기가 스쳐 가는 걸 나는 보았다. 이제 그의 상대는 5번 미싱사가 아닌 듯했지. 그로서는 일을 지켜본 다른 공원들의 마음이 더 걸리적거렸을 테니까. 그게 두려움은 아니었을까. 그는 오야들이며 작업장 구석구석에 박혀 있는 공원들을 찟찟이 훑어보았어.

"오분순이, 언제부터 그렇게 똑똑해졌지. 고참에다 기술이 짱짱하다 그건데, 쪼아, 돈 벌어먹는 미싱다이가 이 미진사 말고도 시장바닥에 쫘악 깔려 있다 그런 말씀인데, 쪼아, 부르는 데가 쌨다 그거지. 근데 말야, 이건 알아 두셔. 재단사 계통을 오분순이가 무시할 순 없을걸. 한 다리 두 다리 건너 소문이 나면

손해를 보는 쪽은 누군가 몰라. 깃대 들고 설치는 미싱사짜리어서 옵쇼 하는 데 아마 없을걸. 세상 무서운 거 아직 모르는 거 보니까 헛나이를 처잡수신 모냥이라. 아마 딴 동네에 일자리를 만들어 놓고 떼쓰는 거 같은데, 쪼아, 내 근사한 조치를 내려주지."

재단사의 말 속에는 그 마디, 마디에 얼음이 박혀 있었지. 그리고 그 얼음이 자신을 향하게 되면 몇 토막의 싸늘한 말 따위가 아니라 흉기로 둔갑하여 거침없이 가슴을 찔러 올 것 같았어. 강강하게 긴장하고 있는 작업장이 왜 그리 낯설게 비치던지.

'평화시장에서 밥 먹고 살려면 눈도, 코도, 입도 없이 살아라.'

나는 지금도 들들이 미싱사가 말없이 월급봉투 몇 개를 챙겨 들고 재단판을 떠나 작업장을 어슷하게 질러서 5번 미싱다이에 이르기까지 그 모습을 똑똑히 기억한다. 우묵하게 들어간 두 눈에 어려 있던 칼끝 같은 눈빛과, 허청거리는 걸음을 안간힘으로 바로잡으려는 듯 우둑, 우둑 무릎을 꺾으며 걸어가던 두 다리, 그리고 채 털어 버리지 못한 실밥들이 작업복에 허옇게 묻어 있었지. 눈에 보이지 않는 장애물이 완강하게 가로막고 있는 듯 온몸뚱이는 긴장하고 있었으며, 한번 잘못 디디면 그대로 깨어져 나가 버릴 것 같은 살얼음 낀 작업장의 공기를 헤쳐 나가는 것이었어.

들들이 미싱사는 미싱다이 위에 조원들의 월급봉투를 깔아 놓은 채 말 한마디 없이 그대로 작업장을 빠져나갔던 것인데, 나는 생각한다, 그날 그녀의 눈앞을 가로막았던 장애물이 재단사 고일만 한 사람뿐이었을까. 우리 중에 누구 한 사람 그녀 곁에 서서 옳은 말이라고 고개 한 번 주억거린 자가 없었다는 사실은 무엇을 뜻하는 것인가. 그렇기는커녕 우리는 한마디의 말조차 아끼는 것으로 그녀가 내딛는 발밑에 얼음장을 깔지 않았던가. 그러고도 모자라 고개를 돌려 그녀를 외면하는 것으로 그녀와 우리가 동류가 아님을 증명하려 했던 것이 아닌가. 차라리 작업장의 미싱들이며, 시다판, 다리미 들이 그녀와 함께 부대낀 세월의 정을 들어 속으로 우렁우렁 그녀가 내쏟은 남도 사투리들을 응원했다고 한다면, 글쎄, 틀린 말일까.

밤 버스를 탔지. 나는 좌석에 털썩 주저앉아 버스 창으로 흘러가는 거리를 바라보았지. 거리엔 불빛들이 넘쳐흐르더군. 그렇게 불빛들을 멍하니 바라보는데, 불쑥 몹쓸 생각이 드는 거야.

'이놈의 버스가 오늘 밤 나를 첩첩 깡촌 같은 곳으로 끌고 가 캄캄 암흑 속에 내팽개쳐 버리는 건 아닐까.'

스스로에게 내리는 자책이었을 거야. 험한 곳에 내버려져 마땅하다는 생각 말이야. 내 헝클어진 머릿속에는 여전히 들들이 미싱사가 그 뒷모습을 보인 채 어디론가 가는 것이었고, 그래서는 나 또한 그녀의 뒤를 쫓아 저 거리의 환한 불빛과 인파 속을 더듬거리고 있었던 거지.

얼마나 달렸을까, 창밖은 캄캄한 밤중이었는데, 가로등이 아주 드물게 서서 희붐한 빛으로 제 발밑을 비추고 있는 것이 종점이 가까워 오는 듯했어. 그때 문득 한기가 온몸을 덮쳐 왔어. 한마디 말이 툭 떨어지더군.

"들들이 누님이 무서워했던 건 바로 우리들 공원이었을 거다."

나도 몰래 그 누님이란 말이 입 밖으로 떨어졌지. 그 작업장에서는 다시 볼 수 없었던 그녀의 호칭을 누님이라 부르게 된 시초였어. 나는 버스 종점을 얼른 벗어나 도봉산 기슭을 오르기 시작했지. 거기에 우리 가족의 판잣집이 있었으니까.

그 후 일주일여 되는 시간들을 나는 어떻게 보냈던 것일까. 물론 여느 때와 같이 눈이 침침해질 때까지 미싱 바늘을 쫓아 장딴지에 몽둥이살이 배기도록 미싱을 밟았을 것이고, 시다의 서투른 솜씨에 터지는 신경질을 참느라 울컥 올라오는 목울대를 애써 달랬을 것이며, 미어터지는 만원버스 속에 낑겨 차장과 인총들을 몇 번이나 저주했을 테지. 그리고 점심때면 옥상에 올라가 동갑내기 재덕이놈 싸구려 영화판 코미디 흉내에 못내 낄낄거리기도 했을 것이며, 월남 전쟁터를 누비던 맹호부대 승전 뉘우스에 콧바람을 날렸을 테지.

그러나 그것뿐이었을까. 나는 내 안에서 움터 오는 어떤 형상과 누군가의 나지막한 속삭임에 문득문득 놀라곤 하며 그 모습을 돌아보고 그 소리에 귀를 기울였어. 그것은 들들이 누님의 것이었지. 그 모습은 처음엔 흐릿한 것이었지만, 내 안에서 들들이 누님은 ㄱ, ㄴ, ㄷ, ㄹ 점점 분명한 목소리를 내기 시작했지. 이름도 알 수 없었던 씨앗이 하나 날아와 앙칼진 꽃을 피우기 시작했던 거야. 아직 터지지 않은 그 낯선 꽃망울을 무엇이라 부르면 좋을까. 자신을 주장할 줄 아는 사람? 그 누구의 것도 아닌 자신의 말을 세상을 향해 외치는 사람? 저항하는 인간? 나는 처음으로 그런 사람의 형상을 보아 버린 건 아니었을까?

하지만 그런 생각의 끝자리에서 보는 것은 초라하기 짝이 없는 내 모습이었지. 작업장에 뿌옇게 떠다니는 먼지 같은 존재, 누군가 플러그를 뽑아 버리면 금방 차디찬 쇳덩어리가 되어 생각도 없이 제자리에 우두커니 세워지는 다리미 같은 존재, 일 년이고 십 년이고 그저 시키는 대로 일하다가 가슴이 썩고 다리가 굳은 몸으로 폐품이 되어 처박히는 미싱과 하나 다를 바 없는 그런…… 기계. 그때마다 나는 어디 황량한 벌판의 거센 바람 속으로 떠밀려 가는 듯했고, 무엇보다도 자신을 어떻게 해볼 수 없는 무력감에 진저리를 쳤는데, 우선은 내 몸을 붙잡고라도 무슨 말을 하고 싶어 못 견딜 지경이었어. 전태일, 전, 태, 일 하고 내 이름자를 종이짝에 무수히 써 갈긴 것이 지금도 선명하게 기억되는군. 내가 그렇게 자학하듯이 써 갈기고 이내 짓뭉개 버린 그 많은 전태일들은 다만 나 자신 한 사람만을 불러내어 지은 이름이었을까. 나는 이따금씩 버릇처럼 우리 공원들을 우울하게 지켜보았어. 시다는 시아게판에서 단추의 실밥을 따느라 얼름덜름 쪽가위질을 하고, 다리미공은 훅훅 달아오르는 열판에 옷감이 눌을까 봐 바짓단에 벌겋게 충혈된 눈동자를 박은 채로 쉼 없이 손목을 움직이고, 미싱은 드르륵 들들들, 드르르륵 들들들 매수를 올리는데, 정말이지 무엇 하나 빠짐없이 잘도 돌아가는 한판의 굿거리였지. 숱한 소리들이 들숨과 날숨을 뱉으며 작업장 곳곳에, 허공과 벽에 홈을 파내고 있었는데, 기이하기도 하지, 나는 그 소리의 구멍 속에서 언제나 딱딱하게 굳은 침묵의 덩어리를 보곤 했단 말이야. 그것은 기계의 소리에 묻혀 들리지 않는, 그래, 공원들이 가슴속에 쌓아 두고 있는 말들의 덩어리였을 거야.

내가 고일만이란 사내를 눈여겨보기 시작한 건 나에게 일어난 또 다른 변화였지. 그는 들들이 누님이 떠난 빈자리를 채 며칠도 안 되어 깔깔하게 생긴 새 미싱사를 불러들여 메워 놓았어. 딱 두 마디를 남겨 놓고 돌아섰지.

"땜질한 자리가 더 단단한 법이여. 다같이 살자고 하는 거니까 협조해 주셔."

빈틈없는 감독관 노릇을 한 셈이지. 피식 하고 날리는 그의 웃음 때문이었을까, 그 졸경을 톡톡히 겪고도 그에게 어떤 기대감을 놓지 않고 있는 내 자신의 생뚱맞은 모습을 보았지. 씁쓸할 밖에. 딴은 그렇다, 재단사라는 자리만 놓고 따져 본다면 나의 기대가 터무니없는 것은 아닐지 모른다. 사실 나는 그 무렵 재단사가 마음먹기에 따라서 작업장의 일하는 분위기가 크게 바뀔 수도 있다고 믿었으니까. 어린 시다가 변소 한번 가려 해도 눈치를 보고 눌러 참는, 그리고 어찌어찌 갔다 와서는 말편치에 울상을 짓는 그런 분위기 말이야. 것뿐일까, 철야 명단을 받아 놓고 아픈 몸을 홀로 욱여 대는 5년이나 6년짜리 고참 미싱사의 처지를 알아 챙겨 줄 사람은 딱 재단사 그 자신밖에 달리 없잖은가. 들들이 누님의 추석 항명 사건에서 여지없이 밝혀진 것이지만, 공원들의 목숨줄인 임금 문제에 이르면 재단사라는 존재는 정말 대단한 물건이 될 수도 있었다. 고일만이 말 그대로 재단사가 '협조'만 해 준다면 딱딱하게 굳어 있는 공원들의 숨구멍이 열릴 거라고 나는 생각했지. 물론 그 당시 사회물을 덜 먹어 아직 꼭지가 안 떨어진 그 전태일이의 생각이지만.

이제 필름은 어느 날 늦은 밤 도봉동 산기슭 판잣집의 밥상 머리로 돌아간다.

"어머니, 나 재단사 되어야겠어요."

"재단사? 부자父子가 내림인 모냥이구나."

"재단사가 되려면 다시 밑바닥 보조부터 시작해야 되지요."

"느 애비는 방구석에서 라디오하고 뒹굴어 다니더니 아예 혼자 도봉산라디오방을 차렸고 …… 늬 덕에 수제비 함지박 장사를 내려놓고 어디 길목을 골라 이 에미가 앉은장사를 할랬더니, 늬가 더 커야 할 모냥인지 …… "

나는 한켠에서 잠든 순덕이를 보았는데, 그애는 여전히 아침이면 누구보다 먼저 일어나 세수를 하고 손거울에 매달리는 것이었지. 그래 까닭을 물으면 언제나 같은 대답이었어. '보육원 선생님이 때려.' 수년이 흘렀지만 그애는 아직 보육원에 살고 있었다.

"우리 순덕이는 시장 애들보다 나아요."

"그애는 아픈 애다."

"시장 애들은 아프다는 말을 모르죠."

그제야 어머니는 어떤 기미를 읽었는지 내 얼굴을 찬찬히 살피는 것이었어.

"무슨 일이, 너한테, 생긴 거로구나."

"재단사가 되면 할 일이 많아질 거예요. 속에 든 말이 많아요, 어머니."

그 슬픈 어머니의 눈, 나는 고개를 돌렸지. 귀 떨어진 밥상에는 짠지와 콩나물국, 그리고 반 넘어 보리가 섞인 투가리밥. 멀건 국물에 어머니의 얼굴이 비치는 듯했어.

나는 일그러진 어머니의 얼굴 반쪽을 수저로 떠서 삼켰다.

"너도 공민학교 다닐 때가 생각날 거다. 느 애비가 늬 학교길을 막으니까 넌 그 겨울에 집을 나가 버렸지. 우리 식구들은 그때나 이때나 늘 너를 기다린단다. 너는 회초리보다도 단단한 애다. 국물 더 떠다 주랴?"

나는 어쩐지 부끄러워서 밥을 깨문 채 방을 나오고 싶었지. 어둠 속에서 시커먼 도봉산이 단단한 어깨를 하고 웃음을 흘리며 다가와 갈참나무 같은 장딴지로 내 다리 걸어 넘어뜨릴지도 모르는 일이었지. 그 후 오랫동안 도봉산은 내 품이었고, 깊은 골짜기처럼 삶의 의문을 감춘 신비였어.

지금껏 사람들이 불러 주는 내 또 다른 이름, 재단사 전태일은 그렇게 생겨났어.

『창비어린이』 2007년 여름호에 실린 작품이다. 노동자 전태일의 삶을 어린이들에게 전하려고 창작되었는데, 아쉽게도 작가의 타계로 인해 미완성이다.

:: 참여 시인

강세환 1956년 강원도 주문진 출생. 1988년 『창작과비평』으로 작품활동 시작 시집으로 『월동추』, 『바닷가 사람들』, 『상계동 11월 은행나무』가 있다.

공광규 1960년 충남 청양 출생. 1986년 『동서문학』으로 작품활동 시작. 시집으로 『대학일기』, 『마른 잎 다시 살아나』, 『지독한 불륜』, 『소주병』, 『몸관악기』가 있다.

권혁소 1962년 강원 평창 출생. 1984년 『시인』으로 작품활동 시작. 시집으로 『논개가 살아온다면』, 『수업시대』, 『반성문』, 『다리 위에서 개천을 내려다보다』, 『과업』이 있다.

김광선 1961년 전남 고흥 출생. 2003년 『창작과비평』으로 작품활동 시작. 시집으로 『겨울삽화』가 있다.

김기홍 1957년 전남 순천 출생. 1984년 『실천문학』으로 작품활동 시작. 시집으로 『공친 날』, 『슬픈 희망』이 있다.

김만수 1955년 포항 출생. 1987년 『실천문학』으로 작품활동 시작. 시집으로 『소리내기』, 『햇빛은 굴절되어도 따뜻하다』, 『오래 휘어진 기억』, 『종이눈썹』, 『산내통신』이 있다.

김명환 1959년 서울 출생. 1984년 『시여 무기여』를 통해 작품활동을 시작. 시집으로 『어색한 휴식』이 있다.

김사이 1971년 전남 해남 출생. 2002년 『시평』으로 작품활동 시작. 시집으로 『반성하다 그만둔 날』이 있다.

김종인 1955년 경북 금릉 초실 출생. 1983년 『세계의 문학』으로 작품활동 시작. 시집으로 『흉어기의 꿈』, 『나무들의 사랑』, 『내 마음의 수평선』이 있다.

김해자 1961년 전남 신안 출생. 1998년 『내일을 여는 작가』로 작품활동 시작. 시집으로 『무화과는 없다』, 『축제』가 있다.

맹문재 1963년 충북 단양 출생. 1991년 『문학정신』으로 작품활동 시작. 시집으로 『먼 길을 움직인다』, 『물고기에게 배우다』, 『책이 무거운 이유』가 있다.

문영규 1957년 경남 합천 출생. 1995년 마창노련문학상을 수상하며 작품활동 시작. 시집으로 『눈 내리는 저녁』이 있다.

문창길 전북 김제 출생. 1984년 『두레시』로 작품활동 시작. 시집으로 『철길이 희망하는 것은』이 있다.

박두규 1956년 전북 임실 출생. 1985년 『남민시』 창립동인으로 작품활동 시작. 시집으로 『사과꽃 편지』, 『당몰샘』, 『숲에 들다』가 있다.

박영근 1958년 전북 부안 출생, 2006년 5월 타계. 1981년 『반시』로 작품활동을 시작. 시집으로 『취업공고판 앞에서』, 『대열』, 『김미순전(傳)』, 『지금도 그 별은 눈뜨는가』, 『저 꽃이 불편하다』, 『별자리에 누워 흘러가다』(유고시집)가 있다.

박영희 전남 무안 출생. 1985년 『민의』로 작품활동 시작. 시집으로 『조카의 하늘』, 『해 뜨는 검은 땅』, 『팽이는 서고 싶다』, 『즐거운 세탁』, 시론집으로 『오늘, 오래된 시집을 읽다』, 르뽀집으로 『아파서 우는 게 아닙니다』, 기행집으로 『만주를 가다』 등이 있다.

박운식 1946년 충북 영동 출생. 1974년 『현대시학』으로 작품활동 시작. 시집으로 『연가』, 『모두 모두 즐거워서 술도 먹고 떡도 먹고』, 『아버지의 논』이 있다.

박일환 1961년생. 1997년 『내일을 여는 작가』로 작품활동 시작. 시집으로 『푸른 삼각뿔』이 있다.

박형준 1966년 전북 정읍 출생. 1991년 『한국일보』 신춘문예로 작품활동 시작. 시집으로 『나는 이제 소멸에 대해서 이야기하련다』, 『빵냄새를 풍기는 거울』, 『물속까지 잎사귀가 피어 있다』, 『춤』이 있다.

배창환 1955년 경북 성주 출생. 1981년 『세계의 문학』으로 작품활동 시작. 시집으로 『잠든 그대』, 『다시 사랑하는 제자에게』, 『백두산 놀러 가자』, 『흔들림에 대한 작은 생각』, 『겨울 가야산』이 있다.

서수찬 1963년 광주 광산 출생. 1989년 『노동해방문학』으로 작품활동 시작. 시집으로 『시금치 학교』가 있다.

서정홍 1958년 경남 마산 출생. 1990년 마창노련문학상 및 1992년 전태일문학상을 수상하며 작품활동 시작. 시집으로 『58년 개띠』, 『아내에게 미안하다』, 『내가 가장 착해질 때』, 동시집으로 『윗몸일으키기』, 『우리집 밥상』, 『닳지 않는 손』 등이 있다.

성희직 1957년 경북 영천 출생. 1991년 시집 『광부의 하늘』로 작품활동 시작. 시집으로 『그대 가슴에 장미꽃 한 송이를』, 산문집으로 『세상사는 이야기』가 있다.

손세실리아 1963년 전북 정읍 출생. 2001년 『사람의 문학』으로 작품활동 시작. 시집으로 『기차를 놓치다』가 있다.

송유미 서울 출생. 2002년 『경향신문』 신춘문예로 작품활동 시작. 2007년 전태일문학상 수상.

양문규 1960년 충북 영동 출생. 1989년 『한국문학』으로 작품활동 시작. 시집으로 『벙어리 연가』, 『영국사에는 범종이 없다』, 『집으로 가는 길』이 있다.

오인태 1962년 경남 함양 출생. 1991년 『녹두꽃』으로 작품활동 시작. 시집으로 『그곳인들 바람 불지 않겠냐』, 『혼자 먹는 밥』, 『등 뒤의 사랑』, 『아버지의 집』이 있다.

오진엽 1969년 전북 전주 출생. 2005년 전태일문학상을 수상하며 작품활동 시작.

유용주 1960년 전북 장수 출생. 1991년 『창작과 비평』으로 작품활동 시작. 시집으로 『가장 가벼운 짐』, 『크나큰 침묵』, 『은근살짝』, 산문집으로 『그러나 나는 살아가리라』, 『쏘주 한 잔합시다』가 있다.

유현아 1970년 서울 출생. 2006년 전태일문학상을 수상하며 작품활동 시작.

유홍준 1962년 경남 산청 출생. 1998년 『시와반시』로 작품활동 시작. 시집으로 『喪家에 모인 구두들』, 『나는, 웃는다』가 있다.

육봉수 1957년 경북 구미 출생. 1990년 『창작과비평』으로 작품활동 시작. 시집으로 『근로기준법』이 있다.

이규석 1958년 경남 함안 출생. 1987년 '고주박' 동인으로 작품활동 시작. 시집으로 『하루살이의 노래』가 있다.

이기와 1997년 『문화일보』 신춘문예로 작품활동 시작. 시집으로 『바람난 세상과의 블루스』, 『그녀들 비탈에 서다』, 산문집으로 『시가 있는 풍경』이 있다.

이맹물 1977년 경북 영양 출생. 본명 이봉형. 2005년 전태일문학상을 수상하며 작품활동 시작.

이상국 1946년 강원 양양 출생. 1976년 『심상』으로 작품활동 시작. 시집으로 『우리는 읍으로 간다』, 『집은 아직 따뜻하다』, 『어느 농사꾼의 별에서』가 있다.

이상호 경남 창원 출생. 1999년 들불문학상 수상으로 작품활동 시작. 시집으로 『개미집』이 있다.

이소리 1959년 창원 출생. 1980년 『씨알의 소리』로 작품활동 시작. 시집으로 『노동의 불꽃으로』, 『호로 빛나는 눈동자』, 『어머니, 누가 저 흔들리는 강물을 잠재웁니까』, 『바람과 깃발』이 있다.

이수호 1948년 경북 영덕 출생. 2006년 시집 『나의 배후는 너다』로 작품활동 시작. 저서로 『일어서는 교실』, 『사랑의 교육 희망의 교육』 등이 있다.

이한주 1965년 서울 출생. 1992년 윤상원문학상 및 1993년 임수경통일문학상을 수상하면서 작품활동 시작. 시집으로 『평화시장』, 산문집으로 『너희들 키만큼 내 마음도 자랐을까』가 있다.

임성용 1965년 전남 보성 출생. 2002년 전태일문학상을 수상하면서 작품활동 시작. 시집으로 『하늘공장』이 있다.

임희구 1965년 서울 출생. 2003년 『생각과 느낌』으로 작품활동 시작. 시집으로 『걸레와 찬밥』이 있다.

장종의 1965년 전남 영광 출생. 2003년 『시와 사상』으로 작품활동 시작.

정세훈 1955년 충남 홍성 출생. 1990년 『창작과비평』으로 작품활동 시작. 시집으로 『맑은 하늘을 보면』, 『저 별을 버리지 말아야지』, 『그 옛날 별들이 생각났다』, 『나는 죽어 저 하늘에 뿌려지지 말아라』가 있다.

정연수 1963년 태백 출생. 1991년 『문학공간』으로 작품활동 시작. 시집으로 『꿈꾸는 폐광촌』, 『박물관 속의 도시』, 편저로 『한국탄광시전집』이 있다.

정우영 1960년 전북 임실 출생. 1989년 『민중시』로 작품활동 시작. 시집으로 『마른 것들은 제 속으로 젖는다』, 『집이 떠나갔다』, 시평에세이 『이 갸륵한 시들의 속삭임』이 있다.

정원도 1959년 대구 출생. 1985년 『시인』으로 작품활동 시작. 시집으로 『그리운 흙』이 있다.

정은호 1965년 경남 진주 출생. 1999년 들불문학상을 받으며 작품활동 시작. 시집으로 『지리한 장마, 그 끝이 보이지 않는다』가 있다.

정인화 경북 경주 출생. 1988년 제1회 전태일문학상을 수상하며 작품활동 시작. 시집으로 『강이 되어 간다』, 『우리들의 밥그릇』, 『소금꽃, 안개꽃』, 『나팔수에게』, 『열망』 등이 있다.

조성웅 1969년 강릉 출생. 〈해방글터〉 동인으로 작품활동 시작. 시집으로 『절망하기에도 지친 시간 속에 길이 있다』, 『물으면서 전진한다』가 있다.

조진태 1959년 광주 광산 출생. 1985년 『민중시』로 작품활동 시작. 시집으로 『다시 새벽길』이 있다.

조혜영 1965년 충남 서산 출생. 2000년 전태일문학상을 수상하면서 작품활동 시작. 시집으로 『검지에 핀 꽃』이 있다.

최승익 1956년 강원 동해 출생. 1989년 『노동문학』으로 작품활동 시작. 시집으로 『휘파람소리』가 있다.

최종천 1954년 전남 장성 출생. 1986년 『세계의 문학』으로 작품활동 시작. 시집으로 『눈물은 푸르다』, 『나의 밥그릇이 빛난다』가 있다.

표광소 1961년 전남 신안 출생. 1990년 『노동해방문학』으로 작품활동 시작. 시집으로 『지리산의 달빛』이 있다.

표성배 1966년 경남 의령 출생. 1995년 마창노련문학상을 받으며 작품활동 시작. 시집으로 『아침 햇살이 그립다』, 『저 겨울산 너머에는』, 『개나리 꽃눈』, 『공장은 안녕하다』가 있다.

홍일선 1950년 경기 화성 출생. 1980년 『창작과비평』으로 작품활동 시작. 시집으로 『농토의 역사』, 『한알의 종자가 조국을 바꾸리라』, 『흙의 경전』이 있다.

황규관 1968년 전북 전주 출생. 1993년 전태일문학상을 수상하면서 작품활동 시작. 시집으로 『철산동 우체국』, 『물은 제 길을 간다』, 『패배는 나의 힘』이 있다.